Klara Elisabeth Terhart
Die Leiter im Sand

Widmung

Dieses Buch widme ich den beiden Männern,
die in diesem Buch eine wesentliche Rolle spielen.
Sie lehrten mich auf ihre Art,
dass ich lernen musste,
mich selbst zu lieben!

Klara Elisabeth Terhart

Die Leiter im Sand

© 2004 Klara Elisabeth Terhart
Alle Rechte vorbehalten
Verlag:
Mediform Verlag
Klaus Bermann
Herstellung:
Andre Kuthe

ISBN 3-9809892-0-8

Inhaltsverzeichnis

Prolog 7
Mein Weg bis zum inneren Dialog – wie innen so außen 9
Dialog 11
Was heißt Gesunddenken? 130
Ich trage für mein Leben meine Verantwortung 132
Was ist ein Gedanke? 136
15. Juni 2000 139
Erkennen ist Vollkommenheit 140
Wie nutze ich die Energie meiner Zweifel 142
Zwei Jahre sind vergangen 144
Das Ziel heißt »Erkennen!« 147
Was ich unter Heilung verstehe! 150
Lieben heißt, sich selbst anzunehmen! 152
Eine Woche in Polen 154
Eins und eins sind zwei! 158
Die Leiter im Sand 160
Loslassen 167
Susanne 170

Prolog

Dieses Buch ist ein einzigartiger Dialog mit mir. Ich habe ihn aufgeschrieben, weil in diesem Gespräch der Schlüssel für die radikalste Wende in meinem Leben steckt. In einer Situation großer Angst und Verzweiflung, als ich dachte, mein Leben sei zu Ende, linderte das Aufschreiben augenblicklich meinen desolaten Zustand. Auf dieser Reise war vieles erlaubt: Ich war ein einziges Fragezeichen und hatte nur noch einen Wunsch: ich wollte wissen, wie Leben möglich ist. Allem, was in mir hochkam, erlaubte ich und gab dem Ganzen eine neue Dimension des Verstehens.

Entlang wichtiger Situationen und Entwicklungen meines Lebens geriet ich über sechs Wochen in ein intensives Gespräch mit einem Teil meines Selbst. Ich gab dieser zweiten Person in mir den Namen Klara.

Auf meinem inneren Weg machte ich die interessante Entdeckung, dass Urteile über andere letztlich immer mir selbst gelten. Ich entdeckte, dass immer ich es bin, die diese Urteile denkt, fühlt und in die Welt bringt. Immer sind es meine Urteile, die mein Leben einschränken. Ich begriff: Ich bin, was ich denke!

Freuen Sie sich auf eine Entdeckungsreise zu ihren eigenen Werten. Vielleicht bewirkt die Entdeckung auch eine Befreiung. So war es jedenfalls bei mir.

Ich will von der befreienden Wirkung erzählen und weiß heute: Wenn ich anerkenne, dass meine urteilende Haltung nur in meiner Verantwortung liegt, verändere ich die Situation und damit mein Leben. Dabei habe ich erfahren, dass alles, was ich nicht sein will, sich nicht dadurch abschütteln lässt, dass ich es ablehne. Erlaube ich mir aber, alles zu sein, verliert es seinen Reiz und ich kann alles als einen Teil von mir wahrnehmen. Darin liegt die Befreiung!

Auf unserem Lebensweg sind unsere Mitmenschen die Spiegel, in denen wir uns selbst erkennen können. Niemals wäre ich so glasklar dahin gekommen, meine eigene Ablehnung in mir zu erkennen, hätte ich sie zuvor nicht so großzügig in Urteilen über andere verteilt. Mir sind Menschen auf meinem Lebensweg begegnet, denen ich heute sehr dankbar bin für alles, was ich mit ihnen gelernt habe.

Heute geht es mir gut. Ich bin lebendig und weiß, dass ich diesen wunderbaren Zustand allein mir und meiner Entwicklung zu verdanken habe. Kein Guru oder Heiler hätte mir in dieser umfassenden Weise helfen können. In der gelebten Haltung, mich selbst erkennen zu wollen, liegt meine Heilung.

Jeder, der bereit ist, sich beim Lesen meiner Geschichte selbst wahrzunehmen, kann die heilende Wirkung erfahren.

Lesevergnügen verspreche ich auch allen Lesern, die momentan noch sehr verliebt sind in ihre Urteile.

Mein Weg bis zum inneren Dialog
Wie innen so außen

Kaum ein Mensch weiß, dass der »Liebe wert« zu sein unser Lebensrecht ist. Unser Lebensweg ist die Suche danach, uns selbst als »liebenswert« erfahren zu können.

Was wir erleben ist anders. Wir fühlen uns geliebt, wenn wir Bestätigung von außen erfahren und tun alles, um es anderen recht zu machen. Nur mit der Bestätigung unserer Mitmenschen fühlen wir uns gut und richtig. Erst dann haben wir etwas geschafft. Dann erst fühlen wir uns anerkannt. Und, wie lange hält dieses beschwingte Gefühl an? Weil uns diese Bestätigungen nicht wirklich satt machen, brauchen wir sie immer wieder. Um zu begreifen, warum das so ist, lade ich Sie zu einem Gedankenspiel mit dem Titel »Anerkennung um jeden Preis« ein.

»Hast du schon gehört, was der … wieder gemacht hat?« »Nein, ist ja unverschämt, was bildet der sich eigentlich ein? Was glaubt der eigentlich, wer er ist?« »Hält sich wohl für etwas Besseres, wie? Dieser blöde Kerl!« »Und was die sich alles gefallen lässt! Die hat ja wohl gar kein Selbstwertgefühl, na ja, geschieht ihr wohl recht!« Gespräche dieser Art sind wohl allen bekannt und haben ihre ganz besondere Wirkung. Wir glauben, wir sprechen über den Anderen und bemerken dabei nicht, dass dieser von unserer Rede gar nicht berührt wird. Er weiß nichts davon und lebt genauso fröhlich weiter, als hätte es dieses Gespräch nie gegeben.

Doch was geschieht mit denen, die sich zu »Recht« so empören? Während sie andere klein machen und sich selbst scheinbar erhöhen, vergessen sie, dass niemand die Macht hat den Anderen zu verändern. Gleichzeitig gerät die genommene Erhöhung zur eigenen Talfahrt. Jeder, der dieses herrliche »Über den Anderen herziehen« kennt, weiß, wie wichtig uns in dem Moment das Gefühl ist, besser oder klüger als der Andere dazustehen. Da läuft das Blut gleich schneller durch die Adern, das hebt die Stimmung und gibt uns Energie. Fast wie ein Stück Schokolade, welches schnell unseren Zuckerhaushalt aufpeppt. Was in der Euphorie leicht übersehen wird, ist, dass sich in diesem Moment unser »Ur-Teil« meldet. Wir erproben unser Ur-Teil, in dem wir den Anderen benutzen. Dies geschieht dadurch, dass wir ein Ur-Teil von uns dem Anderen als Urteil überstülpen.

Jeder, der mir bis hierhin gefolgt ist, weiß selbst: Das kann nicht funktionieren! Denn was tatsächlich passiert ist: Wir verurteilen in diesem Moment ein Ur-Teil von uns selbst. Und das trifft, das wirkt!

Genug der Vorrede – ich habe die Wirkung lange genug erfahren und steuere heute mein Leben in die von mir gewünschte und ersehnte Richtung. Ich will meine Ur-Teile erkennen, sie annehmen, weil sie Teil von mir sind.

Ganz gleich wie die Themen unseres Lebens heißen: Ob Krieg oder Frieden, Freund oder Feind, Hass oder Liebe, wir haben die Macht, uns zu verändern und damit unsere Welt, in der wir leben, die wir erleben.

Jetzt lade ich ein, in die Welt meiner Verwirrungen. Ich schrieb sie in allerhöchster Not auf, um mir zu begegnen und mich zu erkennen.

4. Oktober 1999

K. »Hallo Elisabeth, ich bin's, Klara.
Ich war bei dir, habe dein Leben mit dir gelebt und kenne deine Situation. Willst du mit mir reden?«
E. »Warum sollte ich das tun? Es kommt mir so vor, als wärest du mein Schmerz; der Teil, der mich daran hindert einfach glücklich zu sein, einfach das zu genießen, was mir in dieser Welt geboten wird.«
K. »Denkst du denn immer noch, dass dich irgendwer glücklich machen kann?«
E. »Ja, ich habe es doch erlebt! Carl hat mich sehr glücklich gemacht mit seiner Liebe.«
K. »Und – wie lange hat dieses Glück gehalten?«
E. »Einige Monate war das Glück ungetrübt. Carl hat mich umgarnt, verwöhnt und mir all das gegeben, was ich so lange vermisst habe.«
K. »Wie hat er das denn genau getan?«
E. »Ich konnte spüren, dass er an mich dachte, dass er mich herbeisehnte, dass er mich wollte und ich die Einzige war für ihn.«
K. »Wie hast du das gespürt?«
E. »Ich vermisse dich, hat er mir gesagt, du fehlst mir und wann sehen wir uns wieder? Liebst du mich? Du bist eine tolle Frau, es macht Freude, mit dir zu reden. Ich kann so viel von dir lernen. Mann, ist das schön, dass du da bist. Fahr nicht so spät weg, ich will dich ganz schnell hier haben.«
Mindestens drei Mal am Tag hat er angerufen, wollte mir immer was Liebes sagen. Ich habe aus jedem Wort die Sehnsucht gespürt. Ich war wichtig für Carl, was mich sehr glücklich machte, da auch Carl für mich wichtig war.«
K. »Warum glaubst du ist es nicht so geblieben?«
E. »Gute Frage, weißt du, ich habe nicht nur Glück wahrgenommen. Carls Sehnsucht war auch von Ängsten begleitet. Angst,

dass ich seine Liebe nicht in gleicher Weise erwidere; Angst, dass ich einen anderen Mann kennen lernen könnt. Misstrauen und Verzweiflung, weil er sich mit Kontrollverlust auseinander setzen musste. Ich war ihm so wichtig, dass seine Gefühle abhängig davon waren, dass ich sie erwidere. Carl musste für sich schnell die Kontrolle wiedergewinnen. Er hat mich so groß gemacht, dass er mich stürzen lassen musste, sich mit mir messen musste.«

K. »Ja, genau das war es. Was hast du denn gefühlt in dieser Zeit?«

E. »Ich fühlte mich geschmeichelt und auch bedrängt in meinen Entscheidungen, die ich nicht mehr aus mir allein heraus treffen konnte, weil da jemand war, der mir wichtig war und den ich auch behalten wollte.«

K. »Ja und dann wurde Carl in all deine Entscheidungen mit einbezogen.«

E. »Genau, meine Wohnungssuche in Köln wurde torpediert, durch meine Gedanken, durch meine Sehnsucht, durch den Wunsch ganz nah bei ihm zu sein.«

K. »Du wusstest nicht mehr, was du tun solltest.«

E. »Ja, auf der einen Seite war da mein Job, der mir viel Spaß machte. Carl wollte mich da immer herausholen, mit Reisen hat er gewunken, mit Terminen, die mich in die Überlegung zwangen Urlaub zu nehmen, meine Arbeit nicht mehr so wichtig zu nehmen.«

K. »Aber die Arbeit war wichtig für dich!«

E. »Ja und wie, sie hat mir Freude gemacht. Ich war richtig für die Menschen, die sich dort im Büro meldeten. Ich brachte Freude in ihr Dasein, Hoffnung und Liebe. Ja, die Arbeit war toll, gut, richtig und wichtig für mich. Ich war sehr beliebt und fand für jeden, der anrief, die richtigen Worte. Ich war ein Juwel in dieser Arbeit. Sie hat mich lebendig gemacht und oft haben mir meine Worte eigene Heilung beschert. Manchmal habe ich mich gewundert, welche Worte ich gefunden habe. Du, Klara, es sprach sich herum, wie gut ich war. Es dauerte gar nicht lange, da saßen im Büro immer einige Menschen, nur um mir bei meinen Telefonaten zuzuhören. Sie sagten, dass sie dadurch heilende Impulse mitnahmen und viel besser mit und an sich arbeiten konnten. Puh, das hat mir viel bedeutet. Weniger war es die Meinung der Menschen, am meisten haben mir die Gespräche, die göttlich inspiriert waren, gut getan. Wie ich schon sagte, wunderte ich mich oft, wo diese Worte herkamen und sie schienen wirklich von höherer Stelle einzufließen. Ja, ich war an meine Kraftquelle angeschlossen. Ich konnte die Menschen mühelos aus ihrem traurigen, destruktiven, vernichtenden und krank machenden Gedanken-Karussell herausholen. Ich wurde jedes Mal selbst emporgehoben, schien direkt mit Gott in Kontakt zu sein.«

K. »Warum hast du mit dieser Arbeit aufgehört? Du warst glücklich mit ihr und es hört sich so an, als ob dies genau deine Tätigkeit sein soll.«

E. »Ich wollte Urlaub machen mit Carl, nur zwei Wochen. Mit Frau O. habe ich das besprochen, es wurde eine Vertretung bestellt und es konnte losgehen. Frau O. verabschiedete mich mit den Worten, schade, das du jetzt nicht da sein wirst, du bist so gut, dass ich dir 500 Mark mehr geben will. Wir verabschiedeten uns sehr herzlich, umarmten uns und sie wünschte mir viel Spaß.«
Ja und dann kam der heiß ersehnte Urlaub. Michael brachte mich zum Flughafen, lernte Carl kennen und fand ihn gleich sympathisch. Wir tranken noch etwas zusammen und Michael erzählte uns von seinen Sorgen. Er hatte in dieser Zeit Geldprobleme, konnte Rechnungen nicht bezahlen und erzählte, dass er wohl für vier Wochen ins Gefängnis müsse, da eine Rechnung von 1000 Mark nun ihren Tribut forderte. Carl rief seinen Anwalt an und erkundigte sich, ob Michael damit vorbestraft wäre. Der Anwalt sagte ihm, dass eine Vorbestrafung erst dann aktenkundig wäre, wenn sie über 80 Tage Haft zur Folge hätte. Daraufhin ließen wir die Sache auf sich beruhen. Michael hatte sich die Suppe eingelöffelt, er würde daraus lernen und das sollte er auch.

Carl und Michael verabschiedeten sich sehr herzlich voneinander. Auch von mir verabschiedete sich Michael herzlich. Sein Wunsch für einen schönen Urlaub war echt und ehrlich gemeint und doch war da auch noch etwas anderes. Er breitete seine Arme aus, ich umarmte ihn, doch er schloss seine Arme nicht um mich, sie blieben erst einige Sekunden geöffnet.

K. »Puh, was war das denn? Was hast du dabei gefühlt?«
E. »Unsicherheit, die Mutter an einen anderen Mann abzugeben, seine Mutter, das unbekannte Wesen. Mir war diese Umarmung unangenehm, befremdend und ich hatte leise Schuldgefühle. Michael gab mich frei, es war ein Abschied ganz besonderer Art. Sekundenschnell wurde mir klar, was ich zurücklasse, einen Mann im Rollstuhl, zwei Söhne, die zwar erwachsen sind, dennoch ihre Mutter brauchen und ich fahre in Urlaub, ganz mit dem Herzen bei Carl, dessen Bedrängungen ich nur allzu gern nachgab.

K. »Deine Unsicherheit hast du dann schnell weggedrängt, damit du dich wieder deinem Glück zuwenden kannst, stimmt?«
E. »Ja, ich wollte mit Carl Urlaub machen!

Am anderen Tag flogen wir nach Mallorca. Ich weiß jetzt gar nicht mehr genau, ob Fabian schon da war oder ob er nachgekommen ist. Fabian ist der Sohn von Carl.

Ach ja, da war noch etwas, was mich verunsicherte. Anna, die Tochter war nämlich nicht erwünscht. Die wurde einfach ausgebootet und ich fühlte, dass Anna mir das anlasten konnte. So nach dem Motto, jetzt ist eine Frau da, jetzt bin ich überflüssig. Mensch Klara, das war ja wohl ein Irrtum mit »Glück pur«, was! Meine Einwände zu diesem Thema wurden nämlich gar nicht gehört, weil ich ja keine Ahnung hatte, wie anstrengend es mit Anna sein kann.

Dabei weiß ich auf jeden Fall eines, dass so ein Ausgebootetsein weh tut, aber ich habe dennoch mitgemacht. Ich frage mich, wie es gewesen wäre, wenn ich mit diesem Gefühl Kontakt behalten

hätte, klar Stellung bezogen und es abgelehnt hätte einen Urlaub zu machen, der im Übrigen immer Familienurlaub war, wo sich die Familie immer mit zwei anderen Ehepaaren traf. Ich habe entscheiden lassen und dieses Unwohlsein einfach hingenommen. Heute würde ich es wahrscheinlich ablehnen und darauf bestehen, dass wir allein Urlaub machen, ganz ohne Kinder und alte Bekannte. Carls Kinder sind ja auch schon erwachsen.
So hätte ich dann auch nicht die damit verbundenen Schmerzen gehabt.
Gut, dass dich das alles interessiert, Klara, denn ich erfahre jetzt allmählich, dass hier schon einiges im Argen lag.
Wir hatten das Zimmer, das Carl sich gewünscht hatte, obwohl die Anmeldung sehr spät war. Carl zeigte mir damit wieder einmal, wie toll er ist. Was er will, gelingt auch. Man müsse dies nur klar äußern, erklärte er den befreundeten Ehepaaren, die ihrerseits mit der Unterbringung gar nicht zufrieden waren.
Abends trafen wir uns mit seinen Freunden, die natürlich entsetzt waren. Wie konnte Carl mich an den Ort schleppen, an dem er immer mit seiner Familie war. Annika, seine Frau, war gerade vier Monate tot. Im vertrauten Gespräch nahmen sie Carl beiseite, während ich mit den anderen am Tisch saß und mich unwohl fühlte.
Fabian sahen wir nur bei den Abendmahlzeiten und die Unterhaltung lief vorwiegend zwischen Vater und Sohn ab: Befragungen, was er erlebt und Erzählungen, was wir am Tage gemacht hatten. Danach dann gemütliches Beisammensein mit seinen Freunden. Klara, es war ätzend! Mit Gewalt sollte ich Einzug halten in seinem Leben und ich war abgelenkt durch das Entsetzen der anderen. Nette Menschen, doch ich bekam keinen Zugang.
Wie denn auch? Fabian habe ich immer als echt empfunden. Er war zartfühlend und ehrlich in seinen Äußerungen. Als Kind hatte er auf Mallorca eine Höhle entdeckt, die er uns mit seinem Freund zeigen wollte. Das war ein tolles Erlebnis.

Carl und ich saßen oben in der Höhle und schauten in den großen, von vielen Kerzen erleuchteten Raum. Wir hatten Sekt mitgebracht und Fabian reichte uns eine Zigarette. Ich zeige euch nachher ein bisschen von der Höhle, hat er gesagt und uns dann erst einmal allein gelassen.

Das war eine tolle Stimmung. Die Kerzen, die so liebevoll aufgestellt waren, wie sie sich im Wasser spiegelten und den Mann meines Herzens an meiner Seite.

Dann ging Fabian mit seinem Freund, jeder eine Kerze in der Hand durch die Höhle, sie beleuchteten die Wände und zeigten uns so die Höhle mit ihren Besonderheiten. Klara, das war toll! Ich war ganz begeistert und entzückt. Die beiden waren so in sich gekehrt, als würden sie es für sich, für die eigene Freude tun. Wir durften dies miterleben. Ich kann meine Freude kaum beschreiben. Es war ein Singen und Klingen allerhöchsten Glücks. Am liebsten hätte ich Fabian das Geld für die Kerzen gegeben, die mit Sicherheit nicht billig waren. Danke Fabian!

Dann hat es einen Abend gegeben, an dem wir drei, Fabian, Carl und ich, zusammen ausgingen. Fabian war ganz lustig, schüttete Carl ein halbes Glas Wein ein und für uns beide die Gläser voll. »Warum trinkst du bloß so schnell«, sagte er zu seinem Vater und wir beide lachten, nur Carl nicht.

Irgendwann hatte Carl genug, stand auf und bezahlte. Ohne uns ein Wort zu sagen ließ er Fabian und mich dort sitzen.

Ich bestellte einen neuen Krug Wein und sah nur noch, wie Carl sich von weitem mit einem Winken verabschiedete. Fabian und ich blieben. «Warum geht er jetzt nur?», fragte Fabian und ich sagte, dass es nur einen Grund geben könne, nämlich dass Carl müde sei.

Wir zwei blieben, tranken und kamen uns im Gespräch näher. Fabian erzählte von Annika und ich erzählte von Annika, mit der ich auf dem Seminar das Zimmer geteilt hatte, von seiner Beziehung

mit Carl, die über lange Strecken distanziert war, und seiner Sehnsucht nach einem echten Austausch mit seinem Vater.
Als wir die Zeche bezahlten, waren wir ganz schön betrunken und ich wusste nicht, wie ich mein Zimmer finden sollte. Fabian, der einheimische Saufkumpan, konnte mir helfen; er brachte mich auf mein Zimmer.
Schwankend und stolpernd erreichten wir, nicht ohne hinzufallen, endlich den Club. Während Fabian aufschließen wollte, öffnete Carl die Tür von innen und sah uns Arm in Arm da stehen. Eisiges Schweigen! Als ob wir was verbrochen hätten.
Was dann folgte, wäre eine Ohrfeige für Carl wert gewesen; stattdessen ließ ich mich anklagen und mit Schuldzuweisungen der übelsten Art traktieren.
Warum hatte ich nicht eher bemerkt, dass ich betrunken war? Das war meins! Carl hatte jedoch ein ganz anderes Problem, nämlich – das ich mit Fabian was hätte. Das Einzige, was Carl noch zu mir sagte, war:
»Oh Gott, so besoffen wie ihr gewesen seid, da weißt du sowieso nichts mehr.« Danach sprach er zwei Tage kaum mit mir und ließ mich links liegen.
Oh! Klara! Seine ganze schmutzige Phantasie ergoss sich über mich und ich habe dem nicht Einhalt geboten. Er tat mir Leid in seiner Not. Nach zwei Tagen war er langsam wieder zugänglich, aber mein Vertrauen hatte einen Knacks. Es war schrecklich!
Er war das Arschloch, nicht ich, nicht Fabian. Carl trinkt selbst regelmäßig und erhebt sich über mich in schäbiger, unsittlicher Weise. Das hätte mir schon reichen müssen! Stattdessen hörte ich mir Monate später, wann immer die Sprache darauf kam, wieder die gleichen Vorwürfe, serviert mit seinem eiskalten, unnahbaren Gefühl, an.
So eine gequirlte Scheiße! Warum habe ich mir das bloß noch angehört, frage ich dich, Klara? Warum habe ich ihm nicht seine dreckige Phantasie um die Ohren gehauen?«

K. «Du wolltest den Weg der Liebe nicht verlassen und hast die Kränkungen nicht noch nähren wollen. Du wusstest sehr wohl, dass dies sein Problem und nicht deines war.«

E. »Ja und damit habe ich ihm alle Macht gegeben. Seine Probleme hat Carl einfach auf mich projiziert. Er hatte nun einen Schuldigen, womit ich in seinem Ansehen sank und sank.«

K. »Carl interessiert mich jetzt weniger, was mich interessiert ist nur, was in dir vorgegangen ist.«

E. »Ich hatte totale Verlustangst. Mein Körper war Schmerz. Könnte ich das doch nur ungeschehen machen. Seine Kälte war unglaublich, von Liebe keine Spur mehr. Als Kind habe ich des Öfteren den Satz gehört: »Das hätte ich von dir nicht gedacht, jetzt bin ich aber enttäuscht!« Schon damals habe ich dann solche Angst ausgestanden.«

K. »Ich weiß, doch wenn du jetzt an den Abend mit Fabian denkst, willst du ihn wirklich ungeschehen machen?«

E. »Auf keinen Fall! Der Abend war schön und wir zwei sind uns freundschaftlich sehr nahe gekommen. Ich hätte nicht so viel Wein trinken müssen. Ein bisschen weniger davon hätte den Abend noch reicher gemacht für uns beide. Ich hätte mehr Details wahrgenommen. Ungeschehen machen, nein Klara, auf keinen Fall!«

K. »Bleiben wir mal bei der Formulierung, die du am Anfang für mich hattest, nämlich, dass ich dein Schmerz bin, und ich bin viel mehr. Was glaubst du wohl, hast du mit mir getan?«

E. »O je, du gehst aber ran!
Also, wenn ich Schmerz bin und lasse andere darin herumstochern mit ihren Unzulänglichkeiten und dem Unvermögen sich selbst zu betrachten, dann habe ich dir eine Menge Kummer gemacht. Erzähl doch selbst, wie es für dich war.«

K. «Mein Schmerz war groß und er interessierte dich weniger als das, was Carl von dir dachte. Ich wollte dich, dein Verständnis und das Wissen um die Freude des Abends der Begegnung mit Fabian. Die war schön!

Für Carls Gefühle kannst du nichts und du wirst sie niemals ändern, das kann nur er für sich tun. Dass du nicht bei mir geblieben bist, die ich Freude war, war mein Kummer. Carl hat nur gesagt und gedacht, was er selber ist.«
E. «Mensch, macht das Spaß, mit dir zu plaudern.
Ja, du hast Recht, ich habe mich verlassen und es mir zur Aufgabe gemacht, in Ordnung zu bringen, was nicht meins war. Ich ließ den Müll kranker Gedanken in mich hinein und verwandelte damit Schönes in Müll.
Recyceln geht eigentlich andersherum!
Gut Klara, schauen wir uns noch mehr an, denn das habe ich wohl oft gemacht, stimmt? Zumindest habe ich jetzt begriffen, dass du auch Freude bist, sei mir herzlich willkommen in Freud und im Leid!«
K. «Spürst du die Freude deines Willkommensgrußes?«
E. «Ja!«
K. «Mit anderen konntest du schon lange so sein. Jeder durfte machen und sein, wie er wollte. Du hast schon lange kein Bedürfnis mehr, andere zu ändern. Nur mit dir bist du immer sehr hart ins Gericht gegangen.«
E. «Das musst du mir näher erklären!«
K. «Was nicht ganz einfach sein wird! Bleiben wir beim letzten Beispiel. Carl stülpt dir sein Misstrauen über, welches sofort deine Freude des Erlebten überdeckt. Anstatt dich selbst einmal kräftig zu schütteln, damit die Scheiße aus deinem Körper kommt und wieder da landet, wo sie hingehört, nämlich beim Absender, lässt du sie bei dir und trägst das Leid des Anderen. Doch damit nicht genug, Du bereust auch noch das Geschehene, weil dies Auslöser der sich nun zeigenden Krankheit des Mitmenschen ist. Was hast du damit erreicht?«
E. «Ich kann aus dem Vollen schöpfen und dir erzählen, was ich erreicht habe. Meine Freude war weg, der Kummer war groß und monatelang, denn immer wieder offenbarte Carl mir seine Krank-

heit, die ich heute als geringes Selbstwertgefühl, resultierend aus der Nichtachtung seiner Mitmenschen erkenne.«

K. «Super! Doch kannst du auch annehmen, wenn ich dir sage, dass du das gleiche Problem hast?«

E. «Ungern, doch will ich mir das mal aus dieser Perspektive betrachten.

Ich nehme den Müll an, behalte ihn, bereue, um das Leid anderer zu schmälern. Ich nehme ihnen damit die Möglichkeit an sich zu erkennen, was ihres ist, weil ich in meiner Schmerzvermeidungs-Taktik bin. Ich traue dem Anderen seine eigene Problemlösung nicht zu, meinst du das?«

K. «Schau weiter, das ist noch nicht alles!

Was darf der Andere jetzt tun, was erlaubst du ihm?«

E. «Oh, er darf auf mir herumtreten, mich beschimpfen, mich unmöglich und klein machen.«

K. «Genau, nennst du das Achtung?

Wer auch immer das macht, sinkt in seiner eigenen Achtung und du erlaubst es nicht nur, sondern bietest dich als Opfer an. Das führt dann zu einer weiteren Vertiefung dieses kranken Spiels!«

E. «Oh, Oh, ein kluger Spruch von mir ist: Du kannst nur fünf Mark aus deinem Geldbeutel nehmen, wenn sie auch drin sind!

Ich habe es kapiert, was ich nicht habe, kann ich auch nicht weitergeben. Danke!«

K. «Den Spruch habe ich schon so oft bei dir gehört und hatte jedes Mal die Hoffnung, dass er dir bis in die letzte Konsequenz klar wird!«

E. «Vom Kopf bis zum Bauch ist es eben ein langer Weg, weil es in Reflektion mit meiner Umwelt geschieht. Die Frage, welche ich jetzt habe, ist die, wie ich den Weg verkürzen oder beschleunigen kann!«

K. »Lass uns dafür einfach deinen Lebensweg betrachten, willst du weitererzählen?«

E. »Ja, ich bleibe in der akuten Phase mit Carl, das bewegt mich zurzeit am meisten.

Wie gesagt, nach zwei Tagen kehrte sich die Stimmung wieder. Immer mehr kam nun auch das Liebenswerte wieder durch. Aber ich habe etwas gemacht, was ich eigentlich nicht machen wollte. Ich habe auf meine Krankheit angespielt. Das ich Krebs habe, weißt du ja.«
K. »Ja.«
E. »Vorsichtig, ohne das Kind beim Namen zu nennen, habe ich das Gespräch in die Richtung gelenkt, dass es sich nicht lohnt, an solchen Streitigkeiten festzuhalten. Dafür ist das Leben viel zu kurz.«
K. »Hat Carl dich verstanden?«
E. »Ja, schließlich hatte er seine Frau ja erst kurz vorher durch Krebs verloren und um meine Diagnose wusste er auch.
Außerdem liebte er mich und wollte das Leben mit mir genießen, was wir von da an auch wieder taten. Wir machten Spaziergänge, unterhielten uns angeregt und fühlten unsere Nähe in beglückender Weise. Wir weinten zusammen, wenn uns das Gefühl der Endlichkeit bewusst wurde und nahmen uns vor, unsere Zeit aktiv und bewusst schön zu gestalten. Wir gaben einander so viel, warum also uns ablenken lassen von dieser reinen Energie, die wir als Geschenk empfanden.
Kurz danach hatten wir einen ganz innigen, vertrauten und beglückenden Abend. Wir lagen im Bett, ich hatte eines seiner Hemden an, viel zu groß, tauschten Zärtlichkeiten aus und waren in absoluter Zartheit füreinander.
Klara, da war ein Fließen von Liebe, wie sie mir nie zuvor begegnet war.
Wir rauchten, tranken Wein, lachten und genossen die Stimmung. Dann verbrannte sich Carl den Finger an der Zigarette und steckte ihn in ein Glas mit kaltem Wasser und Eiswürfeln, wovon mir Carl einen Eiswürfel ins Hemd stecken wollte.
Urplötzlich befand ich mich in einem anderen Film.
Ich sah mich mit Ute in Detmold in der Kneipe sitzen, Harry zu

meiner Linken, Ute zu meiner Rechten. Wir flachsten und alberten an diesem Abend in der Kneipe, wo wir eigentlich nur einen »Absacker« trinken wollten. Harry machte Anspielungen über Eiswürfel und was man damit alles machen könne.
Während Ute sofort die Anspielungen verstand, hatte ich wohl auf der Leitung gesessen und nichts begriffen. Ich wollte Fragen stellen, als Ute mich anschubste und mir ein Zeichen gab, diese Thematik bloß nicht zu vertiefen.
»Ach«, sagte ich: » jetzt weiß ich, was Harry damals gemeint hat, nämlich was man auch im Bett mit Eiswürfeln machen kann.«

K. »Ziemlich unromantisch!«
E. »Allerdings, das war es dann auch. Eisige Stimmung, die ich nun wirklich selbst verursacht habe.«
K. »Und nun hattest du wieder ein schlechtes Gewissen. Dir war klar, dass du die Stimmung versaut hattest.«
E. »Das war ein Fall vom siebten Himmel in den Keller. Wollte ich ihm eins auswischen, ich weiß es nicht!?«
K. »Das kann doch sein, schließlich musstest du immer noch den Schmerz der vorherigen Tage verdauen. So was geht doch nicht weg, wenn du nicht auch Selbsterkenntnis deines Partners wahrnimmst!«
E. »Nun war es passiert. Wieder dieser Verlust, diese Angst. Und unverhohlenes Misstrauen, was wir an diesem Wochenende wohl gemacht hatten.«
K. »Erzähl von dem Wochenende.«
E. »Es war das Weihnachtsgeschenk meiner Schwester an mich. Ein Wochenende in Detmold mit Ute, bummeln gehen, essen gehen und Zeit miteinander verbringen. Eine tolle Idee und ein tolles Geschenk. Ich hatte Zeit ihr ausgiebig von Carl zu erzählen und Ute hörte mit Interesse, was ich sonst noch so zu bieten hatte. Die Zeit mit Frau O. und wie ich mich gesundheitlich fühlte. Es war toll, zwei nette junge Frauen, die sich mögen und die Zeit

miteinander genossen. Abends in der Kneipe waren wir heiß begehrt. An Unterhaltung mangelte es nicht und es tat wohl, zu spüren, dass sich auch andere Männer nach uns umsahen.«

K. »Ja, sicherlich auch eine wichtige Erfahrung, da du dich in deiner Ehe mit Klaus nie begehrt fühltest.«

E. »Ja, lange Entbehrungen hatte ich auf diesem Gebiet. Ich war nur von Wert, wenn ich für andere etwas tat. Ich genoss dieses Wochenende, diesen Flirt, der harmlos war.«

K. »Hast du dich so gesehen, dass du nur von Wert warst, wenn du für andere etwas tun konntest?«

E. »Ja, diese Erfahrung habe ich gemacht. Ich musste mich schon ganz schön abstrampeln um überhaupt wahrgenommen zu werden.«

K. »Ein wahrlich langer Weg vom Kopf bis zum Bauch! Du hast dich selbst nicht wahrgenommen!«

E. »Das stimmt, über eine lange Strecke habe ich gar nichts gefühlt, weder Schmerz noch Glück, ich war gar nicht vorhanden. Ich arbeitete viel, versorgte meinen kranken Mann, die Kinder, den Haushalt und übernahm außer den Umbauarbeiten im Haus auch noch als Alleinverdiener einen Vollzeitjob als Erzieherin. Für die Sorgen meiner Familie hatte ich stets ein offenes Ohr und war abends nur noch erschöpft und wollte schlafen. Zeit zum Ausgehen oder anderen Annehmlichkeiten blieb kaum. Immer lachte mich aus irgendeiner Ecke Arbeit an, die sich auch nicht von der Stelle rührte. Ich lernte mit einem unvollkommenen Haushalt zu leben und verlegte den intensiven Hausputz auf das Wochenende. Vollkommen ausgebrannt war ich über eine lange Zeit. Auf die Frage, wie ich mich denn fühle wusste ich nur »gut« zu sagen. Sich gut fühlen bedeutete für mich, alles läuft und geht seinen gewohnten Gang. Gewohnheit war für mich in dieser Zeit Schutz, den ich brauchte, um zu funktionieren.«

K. »Wann hat sich das geändert? Irgendwann hast du dich doch wahrgenommen!«

E. »Zwischendurch hat es immer mal Tage gegeben, da drohte alles zusammenzubrechen. Gewohnheitsdurchbrechende Belastungen hatten keinen Platz mehr. Klara, ich erzähle dir eine Episode. Wir sind mitten im Umbau, wollen in unserem Treppenhaus einen Lift einbauen, als die Polizei klingelt und sich erkundigt, ob wir einen Sohn haben, der Heinz heißt. Ich werde direkt hysterisch, frage, lebt er noch?! Erst als ich diese Frage beantwortet bekommen habe, bin ich fähig mir anzuhören, was es für Neuigkeiten gibt.
Mein Sohn sollte mit seinem Freund Opel Meyer in Brand gesteckt haben. Danach hatten die beiden langen Hafer gegeben.
Freunde haben sie dabei beobachtet und Schlimmeres verhindert, indem sie direkt die Feuerwehr alarmierten. Ob ich denn wohl wüsste, wo er jetzt stecken könnte?
Ich konnte es mir denken, oh Gott, der arme Kerl, welche Ängste er jetzt wohl ausstand?
Ich habe Arbeit Arbeit sein lassen, bin verstaubt wie ich war mit ins Polizeiauto und wir haben uns auf die Suche nach dem Flüchtigen gemacht.
Wir fanden ihn auch sofort bei seinem Freund.
Die Polizei klingelte, die Mutter öffnete und hörte sich an, was die Polizei zu sagen hatte.
»Nein«, sagte sie, »das kann nicht sein, mein Sohn, der macht so etwas nicht.«
Nach Aufforderung der Polizei holte sie dann die zwei an die Tür. André hatte einen so schuldigen Blick, dass ich nichts zu fragen brauchte. Die Polizisten trugen noch einmal vor, was sie von Augenzeugen gehört hatten und Klara, jetzt kommt der Lacher schlechthin. Da steht doch der kleine Kerl Christian vor der Polizei und schaut ganz entsetzt drein: »Ja kann man sich denn als ordentlicher Bürger nicht mehr auf die Straße trauen?« Dann kehrte er die Innentaschen seiner Hose nach außen und sagte doch glatt: »Hier, der Beweis: Da ist kein Feuerzeug drin!«

Die Polizisten behielten ihre strengen Mienen, sagten, wo sie zu finden wären, erkundigten sich, ob sie mich wieder mitnehmen dürften und fuhren dann wieder auf das Revier.
Ich will es kurz machen, die beiden waren es natürlich und Heinz hätte gern die ganze Schuld auf sich genommen.
Diese natürlich nicht typische Geschichte hat mir für Tage meine Energie geraubt. Ich fühlte mich überfordert, ausgelaugt und hin- und hergerissen zwischen Mitleid und Entsetzen.
Meine Knochenarbeit so einfach wieder aufzunehmen, ging nicht mehr. Ich schämte mich auch, weißt du, denn meinen Kindern wurde ich nicht gerecht. Mich trafen sie meist nur arbeitenderweise an.
Nun, das war ein Schreck, der die Gewohnheit durchbrach. Davon gab es viele, oder ich war einfach überarbeitet, was dann drei Tage Heulen mit sich brachte und totale Verweigerung auch der kleinsten Hilfsdienste.
Der richtige Durchbruch zu meinem Gefühl war allerdings meine Diagnose. Die war dann auch so heftig, dass das Stoppschild meiner bisherigen Lebensweise nicht mehr zu übersehen war.

Sag, warst du das, die mir am 4. April 1997 immer wieder leise sagte: »Hey, keine Angst, du bist nicht allein?«
K. »Ja, das war ich!«
E. »Deine Stimme ist nett! Du hast mir gut getan an jenem Abend. Ich war wirklich nicht allein.«
K. »Das warst du nie!«
E. »Kein Vorwurf von dir? Du bist klasse!«
K. »Du hast alles gut gemacht und auch jetzt machst du es gut! Weißt du, alles hat seine Zeit und den Hammer mit Carl, den hast du auch noch gebraucht. Wollen wir da jetzt erst einmal weitermachen?«
E. »Gut, der Abend war gelaufen, jeder ging in sein Bett und wir schliefen, oder taten jedenfalls so. Kennst du das, wenn das At-

men schwer fällt, das Herz bis zum Hals klopft, du alles ungeschehen machen möchtest, nach einem Ausweg suchst und selbst so eng bist, dass nichts mehr geht?«

K. »Ja, keiner spürt das besser als ich!«

E. »Ach, ich vergaß, da waren wir beide eins, nur – du urteilst nicht. Du verstehst mich einfach, erlaubst mir alle Erfahrungen, einschließlich der, dich zu ignorieren. Alle Achtung!
Ich habe auf jeden Fall geurteilt, mich als blödes Schaf betitelt und war sauer auf mich.«

K. »Dann bring jetzt mal Verständnis auf, gelingt es dir? Denk dich noch einmal da hinein!«

E. »Harry war mir nicht wichtig, Carl war mir wichtig und ich ihm. Seine Anerkennung war ungewohnt und machte mich auch übermütig. Ich fand mich toll mit ihm, aber es geschah in Abhängigkeit mit Carl. Habe ich ihm zeigen wollen, dass ich auch noch andere Chancen habe? Genau weiß ich das nicht, aber es ist jetzt egal. Ganz sicher ist, dass ein ungestilltes Bedürfnis dahinter stand.«

K. »Oder eine Unsicherheit?«

E. »Oh ja, das ganz sicher. Wenn ich in all den Jahren, in denen ich mich abgerackert habe, nicht liebenswert war, wieso dann jetzt, wo ich überhaupt nichts anderes tat, als zu genießen?«

K. »Stopp, du hast nicht nur genossen! Du hast auch von Carl ganz schöne Ohrfeigen bekommen.«

E. »Oh ja, da ist sie wieder, die Elisabeth, die alles glorifiziert, die in einer innigen Stimmung den Sinn für die Realität verliert.
Gut, dass es dich gibt, sonst wäre ich wieder ans himmlische Ufer geschwommen.
Auch ein großer Teil von mir. Ich entdecke meine Mitmenschen immer als groß und toll und mache mich selber klein.«

K. »Wie ging das weiter mit euch?«

E. »Wir sind nach Hause geflogen. Ich war immer noch glücklich mit Carl, weil das Glückliche überwog.

Zu Hause angekommen hörte ich auf dem Anrufbeantworter schon die Stimme meiner Chefin Frau O.. Melde dich bitte, ist ganz dringend.
Ich meldete mich erst am anderen Tag. Im ganzen Urlaub habe ich so ein komisches Gefühl gehabt, ich wollte mich dort nicht melden in dieser Zeit.
Mein siebter Sinn ist gut ausgebildet, irgendetwas lag da im Argen. Und richtig: Was ich denn wohl gemacht hätte in meiner Bürozeit! Die Leute wollten doch alle mich sprechen, unmöglich, denn das bedeutet, dass ich mein Helferprogramm da habe spielen lassen. Immer wieder habe sie sich anhören müssen, dass die Menschen nicht mit ihr, sondern mit mir sprechen wollten.
»Wenn du so arbeitest, kann ich dich hier nicht mehr brauchen.«
Zack, das war es!«
K. »Schon wieder einer, der auf dich abwälzt, hast du das erkannt?«
E. »Natürlich nicht, Frau O. habe ich ja auch groß- und schöngedacht. Das passte nun gar nicht in mein Weltbild, dass die Frau, die Bewusstsein von der Kanzel predigt, eifersüchtig sein sollte. Nein, der Fehler musste ja bei mir liegen.
Brachte ich die Menschen in Abhängigkeit?
Es hat lange gedauert, bis ich mir klar darüber war, dass meine Arbeit in Ordnung war.
Ich kannte die Zweifel, die immer wieder aufkommen und wusste genau, wie wichtig ein Ansprechpartner ist. Die Menschen, die sich dort melden, befinden sich in größter Not, haben Todesängste und brauchen einen Gesprächspartner, der sie annimmt, hört und versteht.
Wer konnte das besser als ich, die ich die gleichen Ängste hatte und manchmal noch habe?
Hey, ich sagte schon anfangs, als ich über meine Arbeit sprach, dass ich mich oft über meine eigenen Worte wunderte. Hast du mir die Worte gegeben?«

K. »Ja!«
E. »Alle Achtung, was bist du alles für mich, ist ja großartig. Hat mir oft selbst geholfen, was ich sagte. Ui, macht das Spaß.
Als ich Carl erzählte, was los war, bekam er regelrecht einen Kamm vor Zorn. Dann frag doch Frau O. mal, woran man ein Helferprogramm erkennt, daran, dass die Menschen dich sprechen wollen oder daran, dass sie Menschen, die aus eigener Bequemlichkeit die Rechnungen nicht bezahlen und dafür in den Knast müssen, bereitwillig 1ooo,- Mark leiht. Dass sie nämlich meinem Sohn Michael 1000,-Mark geliehen hatte, hat sie mir im gleichen Gespräch anvertraut, als sie mir mein Helferprogramm vorwarf.
Doch auch hier konnte ich nicht klar denken, denn mein Mutterherz meldete sich sofort wieder mit schlechtem Gewissen. Ich hätte Michael doch glatt den Knast gegönnt. Er hätte zigmal die Möglichkeit gehabt zu bezahlen und hielt andere Dinge immer für wichtiger. Ich stand auf dem Standpunkt: Auch aus Fehlern kann man klug werden!«
K. »Fühlt sich gut an, du meinst, was du sagst!«
E. »Ja, und für heute soll es auch genug sein. Du bist ein toller Gesprächspartner. Danke, bis morgen!«

6. Oktober 1999

E. »Guten Morgen Klara! Ich sollte spazieren gehen, draußen scheint die Sonne, doch ich bin heiß auf den Kontakt mit dir.
Ich habe in dieser Nacht einen wachen Geist gehabt, der mir ein paar Wachstunden beschert hat.
Zwei Kannen Tee und den ganzen Tag im Gespräch mit dir hatten ihre Wirkung.
K. »Hast du gegrübelt?«
E. »Auch, ich habe mich gefragt, wie viele Umwege ich mir wohl noch leisten kann und ob ich es überhaupt noch schaffe, in diesem Leben zu lernen, weshalb ich auf diese Welt gekommen bin.«
K. »Was meinst du, weshalb du hier bist?«
E. »Um mich lieben zu lernen, diese Liebe auszustrahlen und sie in Fülle an die Welt abzugeben. Die Welt ein bisschen schöner machen geht ja nur wirklich, wenn ich Liebe mit mir fühle.«
K. »Sind wir nicht mittendrin in diesem Prozess?«
E. »Ich hoffe sehr!«
K. »Das heißt, du weißt es nicht. Lass mich dir dazu etwas erzählen. Schau mal, jeder kommt auf diese Welt mit einem Auftrag, der in erster Linie an sich selbst gerichtet ist. Du hast schon viel davon begriffen und bist dabei, dich deiner Quelle, nämlich deinem Gefühl, deiner Intuition ohne Abhängigkeit von außen zuzuwenden. Du bringst jetzt Zeit auf für dich, das Gespräch mit dir und lernst jetzt auch für dich die Schuldprojektionen aufzulösen. Dies wird ein großer Sprung sein, dessen Wirkung wir beide noch nicht benennen können. Machen wir doch einfach weiter, was du auf diesem Wege noch brauchen oder erkennen wirst, wird sich finden und die weiteren Schritte zeigen.
Nur Mut, Elisabeth, bleibe im Jetzt!«
E. »Ich bin ungeduldig, ich möchte arbeiten, mit Menschen arbeiten, wie ich es damals bei Frau O. getan habe!«
K. »Du hast aufgehört bei Frau O. warum?«

E. »Nach dem Urlaub veränderte sich für mich das Betriebsklima in unschöner Weise. Frau O. hörte sich meine Gespräche an und funkte immer dazwischen.
Sie bediente sich höchst unhöflicher, für mich verachtender Mittel. Wenn das Telefon klingelte, sagte sie schon, bevor ich den Hörer abnahm: »Na, dann hören wir doch mal, was unsere Elisabeth jetzt sagt!« Sie war voller Hohn und ich wusste, egal was ich sagte, sie würde mir hinterher blumenreich erzählen, wie falsch jedes meiner Worte gewesen sei. Dies tat sie besonders gern vor Publikum. Oder sie sagte mir, »Ich bin nicht da!« und mischte sich dann doch ins Gespräch ein, so dass ich mich als Lügner abstempeln lassen musste. Ich hätte ihr am liebsten den Hörer um die Ohren gehauen und habe es doch nicht getan.«
K. »Das war Stress für dich, verbunden mit der Angst, deinen Job zu verlieren, stimmt?«
E. »Ja, ich verdiente gut, aber das war es nicht allein. Ich wusste, dass dies meine Arbeit war und ich konnte gar nicht so schnell umschalten. Ich wollte nicht wahrhaben, was ich im Innersten wusste, nämlich dass sie eine neidische, rechthaberische Person war, die keine Meinung außer der ihren gelten ließ. Und das Lustige dabei war, sie hatte gar keine Meinung. Sie drehte und wendete alles, wie es ihr gerade in den Kram passte.«
K. »Und deine Krallen hast du natürlich nicht ausgefahren. Frau O. durfte so bleiben, wie sie war, sie durfte dir Schmerzen zufügen und du ließt dies geschehen.
Das Muster hatten wir schon einmal, erinnerst du dich?
Carl durfte dich anklagen, Frau O. durfte dich anklagen, beide servierten dir ihre Unzulänglichkeiten und taten so, als seien es deine.
E. »Ja, ich war mir meines Wertes nicht bewusst.«
K. »Wie gut, dass du da aufgehört hast. Das brauchtest du nun wirklich nicht mehr. Kennst du jetzt deinen Wert?«
E. »Nun, in der Rückschau weiß ich, wie sauber, klar und wahr

meine Arbeit war. Sie war ehrlich und verständlich für alle Rat Suchenden.«

K. »Was meinte Frau O. deiner Meinung nach mit «Helferprogramm«?

E. »Die Theorie ist die, dass jeder seine eigene Lösung nur in sich finden kann, was auch stimmig ist für mich. Helferprogramm ist es dann, wenn ich glaube, etwas zu können, was ich dem Anderen abspreche, weil ich mich mit meiner Klugheit darüber erhebe. Damit schaffe ich eine Abhängigkeit.«

K. »Und nach diesem Fehlverhalten hast du jetzt bei dir gesucht?« Sag, warum hast du dich nicht operieren lassen, beide Brüste ab, die Achselhöhlen ausräumen und die Chemotherapie, so wie es dir vorgeschlagen wurde?«

E. »Ich glaubte, nein, ich wusste, und das ist ein großer Unterschied, dass damit für mich nichts gewonnen ist.

Ich wollte und musste meine Lösung finden und bin auf diesem Wege auch bei Frau O. gelandet.«

K. »Und, hat sie dir geholfen?«

E. »Ja, sie brachte diffuse Esoteriktheorien zum Platzen oder auf höchst interessante Weise ins Tun.«

K. »Gut, halten wir fest, sie hat dich ein Stück deines Weges begleitet, hat dir geholfen und du hast nichts anderes getan. Sie hat ihre Macken, die für dich nicht wichtig sind. Du hast nur eine neue Chance gehabt, an dir und deinem geringen Selbstwertgefühl zu arbeiten.

Als du erkanntest, dass du dies bei ihr nicht machen kannst, bist du gegangen. Ich finde das toll und mutig. Du warst ohne Einkommen und gingst, weil es für dich keine Weiterentwicklung gab mit Frau O.. Du hast gut ein Jahr mit ihr gearbeitet und viel gelernt und gesehen. Für dich hat sich eine vollkommen neue Welt aufgetan. Lass uns doch jetzt die Früchte ernten, die du gesät hast in dieser Zeit.«

E. »Was meinst du damit?«

K. »Was hast du ins Tun gebracht und was willst du noch in die Tat umsetzen?«
E. »Für Wischiwaschi hast du wohl keine Zeit, was?
Ich habe mich von Klaus getrennt. Er ist ein lieber, ehrlicher Mensch, doch ich war ihm keine Ehefrau.
Ich war Mutter, Freundin, Krankenschwester, zuständig für Ernährung, Pflege, Umbauarbeiten, Seelentröster – was ich auch sein wollte –, doch für mich und meine Sehnsucht, mich als Frau zu fühlen, war nichts drin, was jetzt einfach dran war. Wir trennten uns freundschaftlich und pflegen diese Freundschaft auch heute noch.«
K. »Klasse!«
E. »Dann lernte ich Carl auf Gran Canaria kennen. Wir hatten dort zwei vierzehntägige Seminare und Carl besuchte das erste davon. Ich lernte ihn an meinem 23. Hochzeitstag kennen. Wir verliebten uns ineinander und ich lebte dieses Gefühl auch aus. Wir zogen zusammen, da kannten wir uns ein halbes Jahr.
Ich hatte eine eigene Gruppe in Erkerath, mit der ich Bewusstseinsfragen erarbeitete und es machte mir großen Spaß.
Menschen, die nur ihren Müll abladen und selbst an sich nicht arbeiten wollten, verschwanden und es bildeten sich neue Freundschaften. Nichts war mehr wie früher.«
K. »Erzähl mir noch von Carl, eurem Zusammenleben und lass uns den Teil der Frage, was du noch in die Tat umsetzen willst, nicht vergessen.«
E. »Ja, das war schon eigenartig. An dem Tag, als ich einzog, waren Carl und ich unsicher. Jetzt, so am Ziel unserer Sehnsucht, hatten wir auch Herzklopfen, ob das wohl richtig sei.
Ich wusste wohl, dass es richtiger gewesen wäre, erst einmal allein zu wohnen, mich selbst kennen zu lernen, ohne Rücksicht auf irgendjemanden zu nehmen. Doch der Wunsch des Zusammenlebens war auch groß und diese Entscheidung hat Carl in die Hand genommen, was mir auch ganz gelegen kam.

Dieses will ich jetzt in die Tat umsetzen! Mich kennen lernen, meinem Geschmack entsprechend eine Wohnung einrichten, ganz gemütlich, kuschelig und warm.
Ich will mich nicht mehr einschränken lassen in «Tu dies oder lass das».
Ich will Freunde einladen und mich dabei frei bewegen können.«
K. »Konntest du das bei Carl nicht?«
E. »Nein!«
K. »Also das ist mir jetzt ein bisschen zu wenig, erklär mal, warum nicht?«
E. »Ich war in seinem Haus, welches perfekt eingerichtet und vollkommen war. Meine Möbel hatten da keinen Platz, die habe ich verschenkt. Ich bin mit meinem Köfferchen da angekommen und bewohnte den Platz, der für mich freigeräumt worden war. Die Schublade, in die ich meine Socken legte, war noch mit Socken von Annika, seiner verstorbenen Frau, belegt. Gleiche Schuhgröße – sehr praktisch!
Es waren seine Freunde, die wir besuchten, und oft bekam ich Verhaltensmaßregeln mit auf dem Weg.
Die Elisabeth von früher war uninteressant, keine Fragen an meine Vergangenheit, kein Interesse an meinen Weg bis hierher. So stell ich mir das vor, wenn jemand sein Gedächtnis verliert und neu anfangen muss.
Nun, die Themen im Freundeskreis bestanden aus Pferde, gemeinsame Bekannte, alles Themen, bei denen ich nicht mitreden konnte.
Ich vereinsamte mit jedem Tag mehr. Carl, der das mitbekam, wollte mir helfen und machte damit alles noch schlimmer.
Mit seinen Beziehungen wollte er mir den Steigbügel halten, ich müsse ja nur noch aufsteigen. Ich fühlte mich entmündigt, nicht gesehen und nicht gehört.
Ich verlor mich in dieser Beziehung!«
K. »Jetzt hattest du nur noch Carl und alles drehte sich um ihn!«

E. »Ja, aber ich verlor ihn im gleichen Maß, wie ich mich verlor. Dann planten wir eine Reise nach Kanada. Acht Wochen im Wohnmobil, einmal quer durch das Land, von Toronto nach Vancouver. Eine Freundin von mir wohnt in Ontario, die wir auch besuchten.
Bei der Reiseplanung war ich Carl zu inaktiv. Auch hier fühlte ich mich überrollt. Carl kannte sich aus in der Welt. Reisen war sein Hobby, nicht meines.
Für mich stand im Vordergrund, dass wir etwas gemeinsam machten, raus aus der quälenden Isoliertheit. Von Reiseplanung hatte ich keine Ahnung. Carl plante, traf die Vorbereitungen und ich konnte die Schnelligkeit, mit der dies alles geschah, nur bestaunen.
Ich hätte mir eine solche Reise gar nicht leisten können. Er bezahlte und hatte somit auch ein Recht, die Dinge in seinem Tempo in die Hand zu nehmen. Ich kam gar nicht erst auf die Idee, dass ich auch etwas dazu beitragen konnte. Dafür war Carl zu schnell, zu sicher und zu ungeduldig.
Oh Klara, ich habe keine Lust mehr zu erzählen, es tut mir weh!«
K. »In deiner Verfassung hättest du etwas anderes gebraucht. Du hast nur nicht die Ruhe gefunden in dir, um das zu spüren.«
E. »Wo warst du eigentlich?«
K. »Ich war deine Isoliertheit, eingesperrt und ohne Kontakt.«
E. »Du kannst dich wohl auch nicht durchsetzen, was?«
K. »Ich bin da, war da und werde immer da sein, den Kontakt musst du schon wollen!«
E. »Das kann ich auch sagen, «Ich bin da, war da ....«. Und jetzt?«
K. »Deine Isoliertheit hätte Thema sein sollen, was war stattdessen dein Thema?«
E. »Carl hat mir vorgeworfen, dass ich nichts tue und ich hatte Schuldgefühle deswegen. Total am Thema vorbei!«
K. »In welchen Bereichen hast du dich noch wohl gefühlt mit Carl?«

E. »Für Carl war ich noch wichtig, wenn es Probleme mit Anna gab. Und die gab es reichlich! Anna schrie förmlich nach Liebe und Anerkennung von ihrem Vater und sie war ehrlich in ihren Auseinandersetzungen. Sie offenbarte sich ihm in ihrer ganzen Verletzlichkeit. Dass diese Offenheit nicht noch mehr verletzt wurde, habe ich zu meiner Aufgabe gemacht.
Anna war Klasse, hatte sie erst einmal was erkannt, handelte sie auch. Ich hatte viel Freude mit ihr. Wir hatten lebendigen Austausch miteinander und es gab kein Tabuthema. Von Kochrezepten bis zur Sexualität ließen wir kein Thema aus, wenn es sie gerade beschäftigte. Das war eine Bereicherung für uns beide.
Carl wusste das auch zu schätzen und freute sich darüber.
Doch ließ er es nie zu, seine eingefahrene Meinung zu ändern.
Heute glaube ich, dass er gar nicht wirklich verstanden hat, um was es tatsächlich ging. Seine Denkweise ist so eng und starr, dass neue Richtungsweisen keinen Platz finden konnten.
Als wir uns kennen lernten, war auch Carl in einer Lebenskrise. Er hatte seine Frau verloren. Annika war eine sehr feinfühlige Frau, die ihm sozialen Halt und Sicherheit gegeben hatte. Sie war repräsentativ und bereitete den Rahmen, in dem er sich wohl fühlte.
In dieser Lebenskrise hat Carl sich geöffnet und wollte dazulernen, sich weiten und Platz schaffen für neue Erkenntnisse.
Da kam ich gerade im richtigen Augenblick. Ich, eine hochsensible Frau, mit hoher Liebesfähigkeit und Einfühlsamkeit.
Bewusstheit leben war unsere Gemeinsamkeit, die Carl jedoch bald aufgab.«
K. »Ja, dann musste es wohl auseinander gehen, denn eure gemeinsame Grundlage war keine mehr!«
E. »Das stimmt! Unsere Gespräche wurden flacher, Kritik immer häufiger, da konnten keine auch noch so schöne Reisen darüber hinwegtäuschen.«
K. »Okay, dann brauchen wir wohl über die Kanadareise nicht zu sprechen!?«

E. »Wir schrieben Tagebuch und jetzt gestatte mir, dass ich mal kräftig lache, denn Carl diktierte, was ich dann schreiben sollte.
Ganz wenige Stellen sind wirklich von mir und aus dem Herzen geschrieben.
Ich werde es nicht vermissen.
Bei jedem Foto, was ich machen wollte, wurde ich reglementiert und später habe ich den Fotoapparat gar nicht mehr in die Hand genommen. Dies war natürlich auch nicht richtig.
Genug für heute, ich habe einfach keine Lust mehr.«

7. Oktober 1999

E. «Guten Morgen, du Liebe, sag mal, nachts würde ich schon gerne durchschlafen, reicht dir der Tag nicht für unsere Unterhaltung?«
K. «Ich genieße es, dass du mich hörst. Still war ich so lange. Es waren doch nur zwei Stunden!«
E. »Ja, von drei bis fünf. Ich habe mich mit einem Wachtraum abgelenkt.«
K. »Du träumtest vom Tanzen, von wunderschönen, harmonischen, ja betörenden Bewegungen, welche die Welt staunen lässt. So fühle ich mich jetzt mit dir!«
E. »Danke, ich freue mich, dass du das jetzt sagst!
Dann folge mir jetzt mal nach Kanada. Sehen wir mal von der Reiseplanung und vom Fotografieren ab, war unsere Reise ein Traum. Tolle Landschaft, zumeist harmonische Zweisamkeit und wirklich innige Gespräche und Zärtlichkeiten, die uns beide in andere Welten hob. Oft waren wir die einzigen Gäste auf dem Campingplatz, denn die Saison war vorbei. Wir starteten Anfang September und blieben bis Anfang November. Siebzig Prozent unserer Plätze waren direkt am See gelegen, so dass wir uns vorstellten und wünschten, demnächst uns ein Haus am See zu kaufen oder zu bauen.
Klara, es war wunderschön!«
K. »Wenn Carl dann die Tagebucheintragungen diktierte, sag, wie war das für dich?«
E. »Ich fand das eher amüsant, kam doch der Chef mal wieder zum Vorschein.«
K. »Das hörte sich gerade ganz anders an!«
E. »Mal schauen, ob mir gelingt, dir das zu erklären.
Wenn Carl sich so wichtig machte, hatte er auch etwas ganz Liebenswertes. Und wenn von Landschaften die Rede ist, höre ich ihm gerne zu, das macht er toll!

Empfindlich reagiere ich da, wo er zu weit geht und überheblich wird. Überheblich heißt für mich, dass ich spüre, er hält sich für besser, er hebt sich über mich. Das kann ich nicht leiden!«
K. »Gibt es ein Beispiel?«
E. »Mal schauen, ob das eines ist.
Wir gehen spazieren und als wir etwa fünf Minuten vom Wohnmobil entfernt sind, sagt Carl: »Oh schade, jetzt haben wir unsere Pfeifen vergessen. Wie schön wäre es, wenn wir die dabei hätten, holst du sie?«
Ich schaute ihn an, sah uns im Geiste im Café sitzen, den Blick auf die herrliche Landschaft gerichtet, unsere Pfeifen mit dem wohlriechenden Tabak im Mund, schweigend, genießend, meditativ.
»Ja«, sagte ich, »die hole ich!«
Unglaublich, was dann geschah, da sagt doch dieser Mistkerl: »Das kann doch wohl nicht möglich sein, du kannst doch nicht für mich die Pfeifen holen!«
»Wieso für dich?«, frage ich. »Nein, für uns, ich will sie doch auch haben!«
Das hat er nicht begriffen. Für ihn war ich in diesem Augenblick einfach nur doof, eine Frau, die nichts aus eigenem Antrieb tut und sich schicken lässt. Dabei sollte das doch nur eine Prüfung sein. Er wollte, dass ich ihm sagte, spinnst du, wenn du die Pfeifen haben willst, dann hol sie dir gefälligst selbst. So ist eben seine Definition von Frauen, die Selbstachtung haben.
Da hat es gekracht, sage ich dir, dieser Sauzahn sollte sich gefälligst nicht in meiner Nähe aufhalten. Seine Überheblichkeit war maßlos, unverschämt und so voller Egoismus, seine Verachtung für mich so groß, dass ich kurz vor einem Mord stand.
Dieser Oberlehrer, mal schauen, ob sie schon was gelernt hat.«
K. »Mann oh Mann, da kracht es ja jetzt noch!«
E. »Weißt du Klara, ich verwöhne auch gern, er tat es doch auch für mich. Diesbezüglich waren wir jedoch beide von Anfang an

Frau O.-geschädigt, die, wenn man anderen eine Freude machen will, das in langen Tiraden schlicht als Abzocke diagnostizierte.«
K. »Abzockerei?«
E. »Ja, sie meint, dass man letztendlich nur dem Anderen damit Energie abziehen möchte, nach Lob und Anerkennung.
Das ist ein komplexes Thema, das ich jetzt nicht vertiefen möchte, da ich glaube, dass immer ein Energieaustausch stattfindet. Und in diesem Fall war die Abzockerkarte absolut auf Carls Seite. War das jetzt ein Beispiel für dich?«
K. »Ja!«
E. »Diese kleinen Prüfungen liebte Carl. Oft sagte er die Dinge einfach nur so im Spaß, was ich als solches nicht erkannt habe und auch mit Abstand nicht als Spaß erkenne.
Wirklicher Spaß trägt eine andere Frequenz, hat kein Entsetzen zur Folge und wertet auch nicht ab, das wollte Carl nie begreifen. Und das habe ich noch einmal ganz intensiv lernen dürfen, was der Mensch nicht hören will, das hört er auch nicht, selbst wenn du es ihm ins Ohr brüllst.«
K. »Wie fühlst du dich?«
E. »Das schlaucht mich gerade. Ich bin wütend und brauche jetzt eine Pause, bis gleich!«
»So, ich bin wieder da, habe gebadet und mal richtig abgeschaltet.
Den ersten Kugelschreiber haben wir weguntergehalten. Der nächste bitte!«
K. »Wie fühlst du dich jetzt?«
E. »Ich habe Sehnsucht nach Carl, habe das Telefon mit ins Bad genommen, hätte ja sein können, dass er anruft.«
K. »Der vermisst dich nicht, du warst unbequem für ihn, hast so gerüttelt, dass er immer dichter gemacht hat, weil er an sich nicht arbeiten wollte.«
E. »Danke, das befürchte ich auch!«
K. »Das spricht für dich, hättest du kein Selbstwertgefühl, wärest

du heute noch da und würdest dich beleidigen lassen. Du hast in dieser Beziehung stets Selbstreflexion gepflegt, an dir gearbeitet und bist weit über die Beziehungsgrenzen hinausgewachsen. Du musstest gehen!
Wenn du mir nicht glauben kannst, dann schau doch mal in dein Tagebuch.«
E. »Klasse, hab ich gemacht, du lässt wirklich nichts aus!«
K. »Lies doch mal die Seiten vor, die du jetzt gerade aufgeschlagen hast.«

Eintragung vom 2. August 1999

Gestern bin ich aus Erkerath vom Klassentreffen wiedergekommen. Ich habe auf der Hin- sowie auf der Rückfahrt große Wut entwickelt auf Carl, der mir nicht traut.
Er sagte es scherzhaft und ich, vollgestopft mit Bemerkungen über mich und meine »Fehler«, konnte wieder mal nicht meinen Frust loswerden.
Mehr noch, alles Glück der letzten Wochen war futsch.
Etwa alles Lüge?
Ich habe mir vorgemacht, dass ich vertauenswürdig bin, Irrtum!
Ich bin also eine Lügnerin! –
»Mach jetzt bloß keine Geschichte daraus, gib nicht so viel Energie rein!«
Was soll ich damit anfangen?
Wie immer fühle ich mich schlecht, wie konnte ich ihn nur so enttäuschen?
Ich liebe ihn, warum mache ich das?
So habe ich mich lange Zeit traktiert. Jetzt ist mir klar, dass, egal was ich auch tue, dies nicht verhindern kann.
Carl empfindet die gleiche Trauer und Wut und verabscheut sie genau wie ich. Leider bekomme ich seine Meinung über mich, ist sie »negativ«, immer nur im Scherz.
Ich fühle das, bin verunsichert und laufe gedemütigt durch die Welt.
Bis meine Affirmationen:
»Was bin ich doch bescheuert!
Kann ich denn überhaupt nichts?
Spreche ich wirklich so schlecht?
Habe ich wirklich so ein großes Mundwerk?«,
alles überdecken, was natürliche Entrüstung in mir ist.
Jetzt brauche ich nichts mehr zu sagen, denn es geht freundlich weiter. Gott sei Dank, denke ich weiter, ist ein Zusammenleben

doch noch möglich. Jetzt passe ich besser auf, das soll nicht noch einmal passieren.
Der nächst Scherz, die gleiche Vorgehensweise und wieder bin ich ein Stück kleiner.
Ich wage mich raus, brülle, lass das, ich will das nicht, du zeigst mir immer meine Unzulänglichkeiten, geknüpft an Erlebnisse, an denen ich nachweislich doof war!
»Wie überheblich!«
Um das zu merken, bin ich allerdings zu klein, denn ich entwickle immer noch keine Wut, weil so keiner mit mir umgehen darf.
Als Allererstes glaube ich:
an meine Fehler –
an meine Empfindlichkeit – nicht gut genug – »Scheiße!«
Und ich glaubte, ich sei daraus! Zu beschäftigt damit, gut zu werden, damit ich diese Liebe nicht verliere, habe ich mich belogen, denn ich bin nicht schlecht, ich bin nicht gut!
»Ich bin!«
Ich bin liebenswert, weil ich bin, nicht mehr und nicht weniger!
Ich trage keine Verantwortung für Gefühle anderer Menschen, auch nicht für Carls Gefühle.
Gern möchte ich mit Carl leben, doch mehr noch will ich ich sein!
Das Klara war eine Tagebucheintragung.«
K. »Danke.«
E. »Diese Eintragung habe ich damals Carl vorgelesen und er hat überhaupt nicht reagiert.«
K. »Was hast du erwartet?«
E. »Ich fühlte, dass wir im Gespräch nie den Kern der eigentlichen Auseinandersetzung berührten. Ein großes Problem war Carls Eifersucht, die er nicht wahrnehmen wollte, weil er selbst sich nicht so sehen wollte. Ich habe mich immer mehr geöffnet, ihm mein ganzes Vertauen gegeben. Ich wollte Verständnis und natürlich auch Zugeständnisse von Carl, nämlich echten Austausch.«

K. »Mit Carl hast du das nicht geschafft, doch diese Öffnung hat dir den Weg zu mir freigemacht, worüber ich sehr froh bin.«
E. »Jetzt erzähle ich dir noch den Zusammenhang, der zu dieser Tagebucheintragung führte.
Etwa drei Wochen vor Silvester plante Carl mit mir eine Silvesterparty und rief seine Bekannten an, um sich zu erkundigen, wer denn wohl Zeit und Lust hätte zu kommen.
Ruck, zuck waren 27 Leute zusammen und ich sagte: »Oh, dann kann ich ja auch meine Söhne einladen!«
»Nun müssen wir aber vorsichtig sein«, sagte Carl, »wir sind schon 27.«
Alles klar, dachte ich, meine Leute sind nicht erwünscht.
Wir räumten um, bauten die Theke auf, eben alles, was für eine Party so nötig ist.
Am Vorabend probierten wir schon einmal vom Fässchen, Anna, Carl und ich. Die Musik war aufgestellt, wir hatten eine tolle Stimmung, tanzten, hatten Freude und fühlten uns gut miteinander. Abends kam noch ein Freund vorbei, es war
einfach herrlich. Selbst wenn ich jetzt daran denke, bekomme ich noch Freude!«
K. »In dieser Beziehung bist du sehr reich, weißt du das?«
E. »Ja, das weiß ich. Anna hatte einen ganz herzlichen Umgang mit Carl und mir an diesem Abend. Ich war schlichtweg glücklich.
Die Silvesterparty nahm ich zum Anlass, die Menschen, die wir ja alle schon mal gesehen oder besucht hatten, näher kennen zu lernen.
Nun, während Carl die Getränke anschleppte – das Buffet war schon fertig aufgestellt –, unterhielt ich mich mit unseren Gästen.
Es war schön für mich.
Endlich war da auch mal Elisabeth, die gute Gespräche führen könnte. Nicht mehr Anhängsel von Carl, nein, ich wurde tatsächlich wahrgenommen. Und das nach dieser für mich langen Durststrecke.

Klara, ich muss an dieser Stelle noch etwas einschieben. Vor langer Zeit habe ich mal einen Satz gesagt, der mich überraschte, doch dazu kannst du später Fragen stellen.

Der Satz lautete: »Ich lüge so oft und so lange ich will!«

K. »Okay, kein Kommentar!«

E. »Ich stand also am Stehtisch mit Hans. Auf der Tanzfläche hatten wir unser Gespräch begonnen und nun am Stehtisch kam auch dieser Satz zum Tragen.

Es ging um Lebenslügen und wie raffiniert wir doch alle sind, uns diese Lebenslügen aufrechtzuerhalten, damit wir eingefahrene, wenn auch unerwünschte Dinge, Muster, Erziehungsfragen nicht ändern müssen.

Ich lüge so oft und so lange ich will, dieser Satz hat mich viel erkennen lassen.

Das Gespräch hier wiederzugeben bringt nichts, weshalb ich darauf jetzt nicht näher eingehe.

Carl kam zu uns an den Tisch und bat Hans, die Stimmung ein wenig in Gang zu bringen und sich doch mal jemanden zum Tanzen zu holen.

»Jetzt nicht«, sagte Hans, »ich will das Gespräch mit Elisabeth zu Ende führen.«

Ich hatte keinen Blick für Carl, ich war ich und ich war in meinem Element.

Mensch, Klara, fand ich das toll! Ich will mit Elisabeth das Gespräch zu Ende führen. Das war Freude pur, und für mich war auch selbstverständlich, dass Carl sich mitfreute, denn das hatte er doch immer gepredigt: »Bring dich doch mal ein.«

Jetzt war die Gelegenheit! Das Gespräch hat sicher eine Stunde gedauert und es war brillant.

Jetzt lass mich mal eine kurze Pause machen, ich muss erst überlegen, wie ich dir den Rest erzählen soll.«

K. »Gönn dir eine Pause, fällt es dir schwer?«

E. »Ja!«

K. »Okay!«
E. »Ich bin wieder da!
Zwischendurch bin ich mal zu meinem Liebsten gegangen, hab ihn gefragt: »Na, geht es dir gut?« »Nein«, sagte Carl und ich fragte ihn: »Was ist los?«, worauf Carl sagte: »Nicht jetzt, darüber reden wir später!«
Ein Ehepaar war überraschenderweise ungeladen, nein sogar ausgeladen mit ihrer Gesellschaft hereingeplatzt und ich nahm an, das war die Laus, die Carl über die Leber gelaufen war.
Hans, Ursula, Carl und ich hatten schon so manchen Abend miteinander verbracht und auch schon mal Haschisch zusammen geraucht.
Jetzt sagte mir Hans: »Du, in meiner Hosentasche habe ich Zeug, wenn du das schnupfst, bist du lange hellwach, ganz klar und Bier macht dich dann auch nicht müde, komm mal mit, ich zeige dir das.«
Wir sind in die Küche gegangen – zu viele Leute –,
nach draußen – spielende Kinder –,
in den Vorratsraum – oh Gott, wenn da einer reinkommt –,
in die Gästetoilette – Schloss zu, fertig!
Die Situation hatte Komik. Na gut, wir haben eine kleine Prise geschnupft und ich war sehr vorsichtig, denn das Schnupfen reizte mich nicht. Mich reizte nur die persönliche Anerkennung, die ich an diesem Abend von vielen bekam.
Wir waren wie die Kinder, spontan, unüberlegt und haben uns im Gästeklo eingeschlossen, ohne zu überlegen.
»Oh je,« sagte Hans,: Wie kommen wir hier wohl heil wieder raus?«
»Gar nicht!«, sagte ich, schloss die Tür auf und ging wieder in den Partyraum. Uns hatte wirklich keiner gesehen. Gott sei dank – das wäre wirklich peinlich gewesen! Zwischendurch habe ich Bier gezapft, Mineralwasser geholt, mich an jedem Stehtisch sehen lassen, na ja, eben nach den Gästen geschaut.

Für Mitternacht den Sekt einfüllen und dann der große Augenblick! »Ein frohes neues Jahr, lieber Carl. Ich liebe dich!«
Ich habe mich so auf diesen Augenblick gefreut, wo Gastgeber sein vollkommen egal ist, weil dieser Glückwunsch ins neue Jahr als Erstes dem Allerliebsten gegönnt ist.
Nun ließ sich die Distanziertheit nicht mehr verbergen und als wir später mit einem Freund am Tisch standen, hörte ich dann: »So ein Fest werde ich mit Elisabeth nicht mehr machen, das ist ja unmöglich, die packt ja nicht mit an!« »Schade«, sagte ich, »dass ich dich da enttäuscht habe. Für mich ist es in Ordnung, wenn sich einer hauptsächlich mit den Gästen unterhält. Für mich ist das auch in Ordnung, wenn sich die Gäste selbst ihr Bier zapfen. Wohl fühlen sollen sie sich, das ist alles!«
Nein, in seinem Haus sei so etwas noch nicht vorgekommen.
»Gut, hier haben wir unterschiedliche Meinungen, lass uns sehen, welche Kompromisse wir machen können«, sagte ich, »denn ich halte es für wichtig, dass nicht beide Gastgeber nur bedienen!«
Die Party ging noch bis um 5 Uhr, die Gäste fühlten sich wohl und am Ende haben wir noch gemütlich auf der Couch gesessen. Morgens sagte Carl noch: »Ich bin auch wirklich manchmal blöd!« Dem konnte ich nur zustimmen und der Fall war für mich erledigt.
Am anderen Tag räumten wir alles wieder auf. Rucki, zucki, sag ich dir, ließen alles noch einmal Revue passieren und hatten Spaß dabei, Anna, Carl und ich.«
K. »Was ist dir bloß so schwer gefallen bei dieser Erzählung?«
E. »Ich bin ja noch nicht fertig!
Die Gäste riefen an, bedankten sich für das schöne Fest und es hätte gut sein können, wenn nicht...
Carls Befragung setzte am Abend ein.
»Wo warst du eigentlich mit Hans, ihr seid doch mal weg gewesen?«
»In der Küche!«

»Da war ich, da wart ihr nicht!«
»Wir waren auch draußen!«
»Da war ich auch, da wart Ihr nicht!«
»Wir waren auch im Vorratsraum!«
»Da war ich auch, da wart ihr nicht!«
Stopp, Carl, mach den Fernseher aus, ich will dir erzählen, was geschehen ist, hör gut zu.
Und dann erzählte ich alles, unser Gespräch, unsere Ausgelassenheit, die Sache mit dem Gästeklo.
Plötzlich war ich eine Lügnerin für Carl, der man nicht über den Weg trauen kann.

Wir hatten einen heftigen Streit, in dem ich irgendwann aufstand und ihm den Mund verbat, weil es jetzt endlich genug war.
Dass er eifersüchtig war oder seine Frau vermisste, die alles besser machte, wollte er nicht sehen.
Die Schuldige war ich, mir könne man nicht trauen und die Wahrheit hätte ich doch nur gesagt, weil er mich in die Enge getrieben hätte.
Ich hätte sie dir gar nicht sagen müssen, sagte ich. Ich bin ein freier Mensch, das solle er endlich mal kapieren.
Ich bin dann am anderen Morgen weggefahren. Die Eisschicht zu durchbrechen, war nicht meine Aufgabe. Für Carl stand fest, dass ich lüge, so oft und so lange ich will.
Und so sinnverdreht bekam ich diesen Satz auch immer wieder präsentiert, zuletzt auf der Fahrt nach Jena, als wir Anna beim Umzug halfen. Das war acht Monate später.
Und immer, wenn Carl an Silvester dachte, war die Stimmung die gleiche. Er hatte es nicht verarbeitet.«
K. »Deine Spontanität machte dich unkontrollierbar.«
E. »Ja, und das war schlimm für Carl.
Klara, genug für heute, ich kann nicht mehr und lass mich schlafen heut nacht, ja?«

K. »Bis morgen, deine Ehrlichkeit tut mir gut!«
E. »Danke! Mir tut gut, dass du nicht moralisierst.«

8. Oktober 1999

K. »Guten Morgen, Elisabeth, gut geschlafen?«
E. »Ja, danke!
Das war heftig gestern, ein hartes Stück Arbeit.
Abends habe ich Claudia und Susanne unser Gespräch vorgelesen und musste doch kräftig weinen dabei.«
K. »Schön!«
E. »Ja, das war Traurigkeit, die nur mir galt. Sie war nicht mehr ans Verstehen meines Partners gerichtet und brachte endlich Befreiung und Erleichterung. Kein Urteil mehr, nicht von dir, nicht von mir, nur das Erkennen, dass mein Vertrauen missbraucht wurde.
Am 28. September 1999 habe ich meine Sachen gepackt und Carl verlassen. Seitdem bin ich hier bei Susanne, die mich wie selbstverständlich aufgenommen hat. Ich darf hier sein, mich frei bewegen und mir Zeit lassen, mich selbst zu finden, zu regenerieren und meine Seelenwunden zu heilen.«
K. »Ein tolles Geschenk!«
E. »Ja, und ganz ehrlich gemeint.
Ich habe erst einen Brief an Carl schreiben wollen, doch bald gemerkt, dass dies die falsche Adresse war.
Klara, abends schlafe ich immer mit einem Gebet ein.
Lieber Gott, lass mich bitte erkennen, was mein Weg ist. In der Nacht vom 3. auf den 4. Oktober wurde ich wach und ich wusste, dass ich an mich schreiben musste, das Gespräch mit mir und meinen Verletzungen sowie meinen Freuden aufnehmen musste. Seitdem bist du so deutlich für mich, die du ein Teil von mir bist, den ich so oft weggedrängt habe.«
K. »Dieser Weg war lang und einsam, das ist jetzt vorbei!«
E. »Ich empfinde dich als konsequent, geduldig, einfühlsam und vertrauenswürdig. Ich mag dich!«
K. »Das ist ein Abenteuer mit dir, wir machen gerade aus Scheiße

Gold. Vieles hast du schon vergoldet, doch jetzt wird reines Gold daraus, dies ist ein Versprechen, denn Erkennen ist Vollkommenheit. Weißt du, es gibt gar nichts zu tun, du musst nichts verändern. Im Erkennen ändert es sich »vom Selbst.« Denn das, was du ganz erkannt hast, muss als Erfahrung nicht mehr gemacht werden, da es nichts mehr zu lernen gibt.
Dein Leben wird anders, reicher, schöner. Die Erde ist eine Lebensschule!
Wie war das für dich, als eure Kanadareise beendet und ihr wieder zu Hause wart?«
E. »Fabian hat uns vom Flughafen abgeholt. Ich war voller Wiedersehensfreude und habe mir das so vorgestellt, dass wir von unserer Reise erzählen.
Abends sind wir Pizza essen gegangen und Carl wollte gar nichts erzählen, dies sei später dran, und bat Fabian, der in dieser Zeit in Afrika war, zu erzählen. Fabian erzählte gern und ich hörte auch mit Interesse zu. Es war ein Fragen und Antworten zwischen Vater und Sohn, was sehr schön war. Was mich allerdings störte, war, dass meine Beteiligung am Gespräch von Carl gar nicht gewünscht war. Er hatte Fabian vermisst und wollte ihn nun für sich haben, was ich verstehen konnte, nur ein Nach-Hause-Kommen war das wirklich nicht für mich.«
K. »Sozusagen eine kalte Dusche, ja?«
E. »Ich spürte ihn wieder, diesen Schmerz der Einsamkeit und hatte dem nichts entgegenzusetzen.
Wir sind früh schlafen gegangen, es war ein langer, anstrengender Tag.
Der Alltag hielt wieder Einzug. Carl hatte viel zu tun und ich wünschte mir auch eine Aufgabe, irgendetwas Sinnvolles, nur, ich konnte nichts finden. Wir wollten viel reisen, was also sollte ich für mich aufbauen? Ich wusste es nicht!
Bis zum Weihnachtsfest, welches ich mit Anna, Carl und seiner Schwiegermutter feierte, gibt es nichts zu erzählen.

Die Stimmung war nicht sehr gut. Anna hatte morgens den Tannenbaum geschmückt und musste weinen, als sie die Schleifen, die ihre Mutter noch im Jahr davor gebunden hatte, auspackte. Dann hat Carl noch sein Weihnachtsgeschenk im Vorratsraum gefunden und es krachte fürchterlich zwischen den beiden.
Annika, die Schwiegermutter, lernte ich an diesem Abend erst kennen. Sie betrat das Haus seit dem Tod ihrer Tochter zum ersten Mal und ich war da. Ich war aufgeregt!
Doch wir verstanden uns gut und der Heilige Abend wurde doch noch gemütlich.
Klara, dieser Abend war eine Meisterleistung von mir.«
K. »Ich weiß, du hast geschlichtet, neutralisiert, Gemütlichkeit geschaffen, Annika herzlich aufgenommen, du warst die Freude dieses Abends.«
E. »Ja! Ich bin jetzt müde und lege mich ein bisschen hin. Tschüss Klara!«
K. »Du hast dich ganz gegeben und wenig bekommen. Ruh` dich aus und sei sicher, die Erntezeit hat begonnen!«
E. »So, jetzt habe ich drei Stunden geruht, mir heute Mittag etwas Leckeres aus dem Chinarestaurant geholt und fühle mich gestärkt.«
K. »Hast du Lust, vom 2. Januar zu erzählen?«
E. »Wie schon gesagt, bin ich an diesem Morgen weggefahren. Mit Carl zu sprechen war unmöglich. Ich nahm meine Tasche und machte mich auf den Weg. Nach Gladbeck wollte ich, meine liebe Mutter besuchen. In Gütersloh überlegte ich mir, dass ich ja noch kurz beim Heinrich hereinschauen konnte, was ich auch tat. Ich blieb bis zum anderen Morgen, da ich von ihm und seiner Frau Utha so herzlich aufgenommen wurde, was mir sehr gut tat. Die beiden waren auch auf unserer Party.
Am Morgen danach fühlte ich mich etwas gestärkt und fuhr nach Gladbeck, um meine Mutter zu besuchen.
Dort blieb ich ein paar Tage, bis Carl sich meldete.

Klara, es lohnt sich nicht, diese Geschichte weiter zu erzählen, ich bin nie auf Verständnis gestoßen, habe mich nur der Illusion hingegeben, dass sich das mit der Zeit schon legen würde.«
K. »Und das war nicht der Fall!«
E. »Eindeutig!
Wir kamen nicht klar miteinander. Ich rief Susanne an, sagte ihr, dass wir Schwierigkeiten haben und gerne mit ihr reden würden. Wir verabredeten uns für nachmittags, 17 Uhr. Am gleichen Tag hatte ich beim Frauenarzt eine Ultraschalluntersuchung, der dann 9 Knoten in meiner linken Brust entdeckte. Meine Verzweiflung war bodenlos.
Dementsprechend war unser Thema gar nicht mehr Carl und ich, sondern nur noch ich. Dass ich gar nichts mehr auf die Reihe bekam und seelisch sowie körperlich einfach erschöpft war.
Susanne entlastete mich sehr, indem sie einfach alte Erlebnisse erzählte, von Kränkungen, die ich ihres Wissens lange Zeit geschluckt habe. Und sie wusste einiges zu berichten.
Carl bekam die Idee einer Ahnung meines Weges und öffnete sich wieder für mich.
Damit fanden wir tatsächlich wieder einen Weg zueinander.
Meine geplante Wohnungssuche gab ich wieder auf. Carl war ganz rührend, wollte mir sogar Vollmacht über sein Konto geben und zeigte mir auf diese Art sein Vertrauen.
Allerdings hat er es nie wahr gemacht.
Dann blieb meine Regel aus, oh Schreck!
Sie kam nur etwas verspätet, doch war es mir Warnung genug und ich ließ eine Sterilisation vornehmen. Ich bin selbst zweifache Oma, jetzt noch ein Kind zu bekommen, wäre ein Albtraum gewesen.
Am Tag meiner Entlassung aus dem Krankenhaus gingen wir abends mit Freunden essen.«
K. »Oh, so schnell?«
E. »Eine Eileiter-Cutting-Party«, wie Carl es nannte.«

K. »Das hört sich nicht schön an!«

E. »Das war es auch nicht. Wir aßen zusammen und Carl erklärte meine Operation so: ›Lieschen vögelt so gern!‹

Ich hab geglaubt, ich höre nicht richtig. Was für ein Arschloch sitzt da eigentlich neben mir, habe ich mich gefragt und sehnte diesen Abend zu Ende. Ich fand das alles erniedrigend und schamlos.

K. »Hast du es Carl gesagt?«

E. »Natürlich, doch Carl lachte nur und sagte, dass dies doch sehr schön sei, er hätte noch mit keiner Frau so viel Spaß gehabt im Bett.

Verstanden hat er mich nicht.«

K. »Und dann natürlich auch nichts geändert, stimmt?«

E. »Genau! Schluss für heute, ich muss alles erst mal verarbeiten.«

11. Oktober 1999

E. »Hey Klara, das ist mir alles sehr nahe gegangen. Am Wochenende habe ich mal richtig abgeschaltet. Heute Nacht habe ich ganz schlecht geschlafen. Immer wieder legte ich mir Reden zurecht, Erklärungen, die Carl klar machen sollten, was und warum es so gelaufen ist.«
K. »Ich glaube nicht, dass du ihm etwas erklären kannst.«
E. »Ja, das habe ich auch gemerkt. Immer wenn ich klar hatte, dass ich sein Verständnis noch will, habe ich mich zurückgepfiffen und mich gefragt: Was will ich denn?
Ich will eine gleichberechtigte Partnerschaft!
Ich will gleichermaßen hören und gehört werden!
Ich will sein, wie ich bin!
Mit dem was ich will, bin ich aber nie durchgekommen, also »Finger weg von Carl!«.
So, jetzt war ich wieder im richtigen Terrain. Ich fühlte meine Kraft wieder. Die ist schon sehr groß. Dieses Spiel habe ich in der letzten Nacht mindestens zehnmal gemacht.«
K. »Das ist sehr anstrengend!«
E. »Allerdings! Weißt du, heute fahre ich nach Witten, übernachte bei Freunden und wünsche mir einen schönen Abend mit ihnen.«
K. »Wirst du Carl besuchen?«
E. »Ja, am Dienstag, wir haben uns zum zweiten Frühstück verabredet.«
K. »Kein Wunder, dass du heute Nacht so viel Arbeit mit dir hattest!«
E. »Mir ist klar geworden, solange ich von Carl noch was will, werde ich immer die Arschkarte haben!«
K. »Wie meinst du das?«
E. »Egal, was ich von Carl auch will, erhoffe oder wünsche, es ist eine Bindung, die er erfüllen soll.

Damit bin ich nicht mehr autark und begebe mich in seine Macht, mit der er lange genug gespielt hat.«
K. »Was meinst du?«
E. »Ich kann sagen, was ich will. Wenn ich sagen würde: »Du hast mich wie eine Prostituierte behandelt«, Zitat: »Lieschen vögelt so gern«, und erwarte, dass er mich versteht, habe ich mich doch schon verlassen. Wenn ich aber das Gleiche sage und mir egal ist, ob er sich angegriffen, missverstanden fühlt oder mich schlichtweg für hysterisch, empfindlich oder dumm hält, dann und nur dann bin ich aus meiner Kränkungsbindung heraus.«
K. »Ja, wenn du eins bist mit mir, deiner Empfindung!«
E. »Genau das meine ich!«
K. »Ich bin bei dir, du wirst mich fühlen.«
E. »Hoffentlich stehe ich mir nicht selbst im Wege!«
K. »Wir können noch mal von vorn anfangen! Glaubst du immer noch, dass dich irgendwer glücklich machen kann?«
E. »Nicht nerven Klara, ich gebe mein Bestes!«
K. »Okay, viel Glück!«
E. »Danke, bis bald! Ich finde dich toll!«
E. »Ich bin noch nicht weg!
Was mache ich bloß, wenn er seinen ganzen Charme sprühen lässt?«
K. »Frag dich und spüre, was er für ein Ziel verfolgt!«
E. »Ja, und was mache ich, wenn ich fühle, dass er mich will?«
K. »Frag dich und spüre, was er für ein Ziel verfolgt!«
E. »Du bist mir wirklich eine große Hilfe!«
K. »Ja!«
E. »Das habe ich ironisch gemeint!«
K. »Ja!«
E. »Danke für diese Lektion! Ich werde darüber nachdenken. Ich umarme dich!«
K. »Ich umarme dich!«

16.Oktober 1999

E. »Klara, ich grüße dich!
Ich bin gestern um halb elf wieder nach Hause gekommen. Du hast mir gefehlt. In den ersten zwei Tagen spürte ich dich intensiv. Dann habe ich mich wieder dabei erwischt, dass ich meine Gedanken zum Carl hin bewegte. Damit fühlte ich mich sehr schnell ausgelaugt.«
K. »Carls Welt ist eine andere, in die du nicht mehr integriert bist.«
E. »Ja und es tut noch sehr weh!
Gleichzeitig ist mir klar, dass ich einer Illusion nachhänge, an alten Vorstellungen klammere, die heute keine Grundlage mehr haben. Wir trafen uns in einer Zeit, in der wir beide Bewusstheit leben wollten. Ich sehe das so, dass ich Carl eine Weile in seiner Welt begleitet habe, in der Bewusstheit immer weniger Platz hatte.«
K. »Jeder hat seine Lebensaufgabe und du bist jetzt wieder mittendrin, ich finde das sehr schön.«
E. »Ich kann zurzeit nachts keinen Schlaf finden, liege lange Stunden wach und suche nach meinem Weg. Es tut gut, wenn du sagst, dass ich auf dem richtigen Weg bin.«
K. »Ja, lass uns jetzt deinen Lebensweg weiter betrachten, damit du dich immer mehr in deiner Kraft wiederfindest.
Die Silvesterparty hatte ja wohl den Schmerzhöhepunkt darin, dass Carl dich als eine Lügnerin darstellte.
Lass uns doch mal deinen Satz: »Ich lüge so oft und so lange ich will!« näher betrachten. Dieser Satz gilt ja auch für dich. Du hast gesagt, dass du mit diesem Satz viel erkannt hast.«
E. »Zunächst war dieser Satz eine Überraschung für mich. Wo kam er bloß her? Ich habe mit Carl gekuschelt und plötzlich, aus heiterem Himmel war er da. Ups, habe ich gedacht und wie ich dich jetzt kennen gelernt habe, glaube ich schon, dass du nicht ganz unschuldig bist.«

K. »Ihr habt zwar gekuschelt, aber glücklich warst du nicht an diesem Abend, erinnere dich!«

E. »Vorher waren wir in einem Restaurant und haben zusammen gegessen. Die Stimmung war komisch. Die Bedienung fragte, was wir denn wünschten. Carl fragte, was wir denn bei ihr bekommen könnten, worauf sie sagte »alles«. »Alles«?!, sagte Carl und schaute sie eindeutig an.

Wir bekamen die Speisekarte, die nicht nach Carls Geschmack war. Ich fühlte mich deplatziert, so als würde ich gerade stören, wenn Carl einen harmlosen Flirt beginnt, der ihm gut tat, weil sein Ego gerade danach verlangte. An diesem Abend hätte ich ihn liebend gern da sitzen lassen, denn ich fühlte mich auf die gleiche Art angesprochen, wie die Bedienung.«

K. »Warum hast du ihn nicht da sitzen lassen?«

E. »Das weiß ich nicht.«

K. »Fühl dich noch mal rein, dann weißt du es.

E. »Das Ganze hatte ein billiges Niveau. So hatte ich Carl noch nie erlebt. Diese Stimmung galt mir, traf mich und beschmuddelte meine Liebe zu Carl.

Sex schien für Carl nichts Reines zu sein in unserer Beziehung. Irgendetwas stimmte da nicht.«

K. »Genau und du hast nicht gehandelt.

E. »Was meinst du?«

K. »Wenn du dich damit so unwohl gefühlt hast, warum machst du dann gute Miene zum bösen Spiel?«

E. »Ja, du hast Recht. Ich habe Carl gesagt, dass ich mich mit dieser Stimmung nicht wohl fühlte und dass ich am liebsten gehen würde, doch gegangen bin ich nicht.«

K. »Wie hat Carl auf diesen Satz »Ich lüge so oft und so lange ich will« reagiert?«

E. »Für Carl war ich damit unkontrollierbar. Er fand diesen Satz gar nicht gut, nahm ihn aber erst einmal von der humorvollen Seite. Klara, ich verstehe, dass nicht Handeln, gute Miene zum bösen Spiel, Lebenslügen unterstützen. Ich brauchte dann auch nicht tiefer zu schauen, wo ich damals schon entdeckt hätte, dass ich für Carl nicht die Heilige, sondern eher eine Hure bin. Dass eine Frau Spaß am Sex hat, ist für Carl zumindest ungewöhnlich und mit Vorurteilen behaftet.«

K. »Das wurde dann zum Zeitpunkt deiner Sterilisation sehr deutlich.«

E. »Allerdings! Klara, ich spüre gerade große Wut!«

K. »Super!«

E. »Das Thema hatte ich auch schon mit Klaus. Lange Zeit gab er mir das Gefühl, dass ich nicht interessant und nicht schön genug war. Er zog es vor, sich die Frauen im Playboy anzuschauen. Allerdings machte er nie einen Hehl daraus und in den ersten Ehejahren sind dann auch die Fetzen geflogen, sag ich dir.

Klaus stand auf dem Standpunkt, das Fremdgehen nur dem Mann vorbehalten sein sollte, da der Mann dafür kein Gefühl bräuchte, nur Lust. Ich fand das blöd, dumm, arrogant und überheblich, zumal er offensichtlich vergaß, dass der Mann hierfür ja immerhin eine Frau braucht. Wenn wir auch nie zu einem Ergebnis kamen, so gab mir Klaus doch immerhin die Möglichkeit der Auseinandersetzung. Carl hielt sich mit Äußerungen dieser Art zwar bedeckt, doch habe ich sie auch bei ihm gefühlt.«

K. »Mit Carl fehlte dir die Auseinandersetzung?«

E. »Ja, welche Probleme Carl auch mit mir hatte, er servierte sie mir im Scherz. Wenn ich darauf reagierte, war seine Antwort: ›Sei doch nicht so empfindlich, es war doch nur ein Scherz!‹ Ich bin bald Amok gelaufen, Klara, ich fühlte doch, dass das keine Scherze waren und Carl wollte keine Auseinandersetzung.«

K. »Das musstest du dann mit dir allein verarbeiten, was sehr schwierig ist.«

E. »Ich öffnete mich immer mehr, zeigte mich in meiner ganzen Verletzlichkeit und es dauerte lange, bis ich merkte, dass er mein Vertrauen gar nicht verdient.«

K. »Nimmst du dir übel, dass du so lange Zeit brauchtest?«
E. »Ich finde es schade, aber ich war auch noch nicht so weit, die Konsequenzen zu tragen.
Klara, ich möchte heil werden, möchte meinen Weg gehen und habe keine Lust mehr auf Männer, die ihr Ego mit meiner Liebe füttern und mich gar nicht wirklich meinen.«
K. »Merkst du, wie schwer dir das Gespräch fällt?«
E. »Oh ja, die Kränkung sitzt sehr tief und ich möchte jetzt gern das Thema wechseln.
Ich will dir einen Traum erzählen, den ich im Urlaub mit Carl in Portugal hatte.
Traum:
Ich liege auf einer Wiese, habe meine Arme im Nacken verschränkt, die Beine auf einer kleinen Anhöhe und habe es richtig gemütlich.
Da erscheint mir eine kleine Fee. Hübsch ist sie, hat einen blaugrünen Umhang an und schaut mich ganz kess an. »Hey Elisabeth«, sagt sie, »du hast einen Wunsch frei!«
Ich bleibe liegen, schaue sie an und bin ganz entzückt über diesen Anblick.
»Gut,« sage ich: »dann wünsche ich mir Gesundheit.«
Die kleine Fee ärgert sich über diesen Wunsch. Das würde sich jeder wünschen, das sei ihr nun wirklich zu langweilig.
»Das machen wir anders,« sagt sie. »Ich erkläre dir, wie du das selbst machen kannst.«
Sie rammt mir eine Leiter in den Sand mit 250 Sprossen.
Die Leiter müsse ich hochgehen, erklärt sie mir. Auf jeder Sprosse wirst du eine Erfahrung machen. Ist die Erfahrung gemacht, kann die nächste Sprosse erreicht werden.
Sie gibt mir noch eine Warnung mit auf dem Weg. Ich solle aufpassen, manche Erfahrungen werde ich nicht machen wollen und dann würde ich auch nicht weiterkommen.
»Okay«, sage ich, »das mache ich!«

Die Fee verschwindet und ich mache mich direkt an meine Arbeit. Die ersten fünf Sprossen sind leicht, Erfahrungen, die schön sind und ich habe richtig Freude dabei.

Dann folgen Dinge, die ich nicht annehmen will und ich brauche länger, bis ich mich erinnere, dass auch dies nur eine Erfahrung ist. Erst mit der Anerkennung und Annahme dieser Lebenslagen kann ich weiter. Ja, und dann bin ich oben, ich habe es geschafft!

Ich halte eine Rückschau und erinnere, dass die 150. Stufe die schlimmste war, bei der ich fast aufgegeben hätte.
Mitten in dieser Rückschau erscheint die Fee.
»Oh«, sagt sie, »das war wohl nichts mit deiner Heilung, eine Rückschau, die ist nicht gestattet.«
Ich schaue mir die Fee an, wie sie da steht, die Arme vor ihrer Brust verschränkt und sage ihr, dass ich schließlich alle Erfahrungen gemacht hätte und auf Grund dessen weiß, dass ich mir nur zu nehmen bräuchte, was meines ist, nämlich meine Gesundheit. Ich schnippe mit meinen Fingern und weg ist sie.«
K. »Ein schöner Traum und er ist wahr.«
E. »Ja, das spüre ich auch. Ich weiß nicht, auf welcher Stufe ich mich befinde, vielleicht war oder ist die Erfahrung mit Carl ja die 150. Sprosse.
Genug für heute Klara! Ich glaube, dass wir mit dem heute Besprochenen schon viel erreicht haben.
Ich danke dir!«
K. »Ich danke dir!«

17. Oktober 1999

E. »Hey Klara, es ist Sonntag, ein sonniger, schöner Tag. Heute Nacht beschäftigte mich die Frage nach meiner Zukunft. Ich möchte so gern mit Menschen arbeiten, wie ich das damals mit Frau O. getan habe. Nur, wie das gehen kann, weiß ich noch nicht.«
K. »Dann lass uns doch mal schauen, warum du deinen Wunsch zu arbeiten so lange hast ruhen lassen. Denn dass dies deine Tätigkeit ist, ist klar. Du warst Klasse in deiner Arbeit, aber du hast sie aufgegeben, warum?«
E. »Ich habe die Fragen der Menschen beantwortet, fragen nach Heilung, nach Lebensqualität, wie man Zweifel annehmen kann, sie für sich arbeiten lassen kann.
Pro-blem heißt doch auch, dass es für mich da ist, denn wenn es gegen mich wäre, müsste es Contra-blem heißen.
Doch eines hat mich immer verunsichert, nämlich der Erfolgszwang. Nach Frau O. muss jedem die Heilung auch gelingen, sonst hat er es einfach nicht getan.
Als ich selbst Teilnehmerin ihres Seminares war, lernte ich einen Mann kennen. Wolf-Dieter hatte Lungenkrebs.
Als er dann vier Monate später verstarb, sagte Frau O.:
»So ein Idiot, geht der doch einfach sterben. Ich sag es ja, die Leute kommen und sagen, dass sie leben wollen und tun es einfach nicht. Der hat seine Schulaufgaben nicht gemacht. Dabei ist es doch so einfach!«
K. »Was lehrt Frau O. denn?«
E. »Wann immer ich eine Emotion wie Trauer, Wut, Enttäuschung oder Freude in mir spüre, frage ich meinen Körper, welche Farbe er braucht und diese Farbe atme ich dann einfach ein.
Ich will nicht beim Mitmenschen, der diese Emotion geweckt hat, hängen bleiben, sondern direkt den Kontakt mit mir aufnehmen. In dieser Haltung kann ich mich beim Anderen bedanken,

weil ich jetzt meine Emotion erlösen und mich von diesem Gefühl reinigen kann.
Eine weitere Säule dieser Lehre ist die Sprache. Sie nennt das Wort – Chemie. Das »Zu« wird ganz verbannt. Es macht zu! Langsam sprechen und sich selbst dabei hören und spüren, welche Gefühle die eigenen Worte auslösen. Nur wenn ich erkenne, wo ich gegen mich bin, kann ich meine Richtung ändern.
Was Frau O. auch erklärt, ist, was ich auch sage und zu wem, es betrifft in erster Linie immer mich, da ich es denke und ausspreche. Es läuft schließlich durch meine Wahrnehmung. Ich bin, was ich denke!«
K. »Da müssen ja bei dir die Groschen reihenweise gefallen sein. Sie spricht bei dir von »Helferprogramm« und lastet dir an, wenn die Menschen lieber mit dir als mit ihr sprechen wollen.
Sie lebt nicht was sie lehrt!
Aber das geht dich jetzt nichts an. Für dich zählt ja deine Wahrnehmung. Und wie wir herausgefunden haben und das finde ich gut: Es ist dein Pro-blem, dass du dich anzweifelst.«
E. »Ich habe immer erst Fehler in mir gesucht.«
K. »Was ja auch in Ordnung ist. Nur, lass uns an dieser Stelle mal gucken, was ein Fehler überhaupt ist.
Gibt es das wirklich? »Fehler!« Schließlich darfst du doch jede Erfahrung machen. Ich glaube, dass es nur einen Fehler gibt, nämlich den, wenn du nicht da bist, wenn du fehlst.«
E. »Was willst du jetzt damit sagen?«
K. »Wenn du dich nicht spürst, wie es ja lange der Fall war, dann fehlst du. Du funktionierst zwar und andere können dich ausnutzen, doch für dich fehlst du. Deine Bedürfnisse nimmst du nicht wahr und natürlich auch kein anderer. Du gibst dich dann immer der Hoffnung hin, dass zu dir zurückkommt, was du gibst. Du gibst Liebe, Verstehen, Vertrauen oder Freude und was kommt zurück?«
E. »Ich habe mich völlig verausgabt. Alles was ich hatte, habe ich

großzügig gegeben und es stimmt, dass nur wenig zurückgeflossen ist. Aber mit meiner Arbeit war das anders, warum?«

K. »In deiner Arbeit warst du ganz da, hast dich gefühlt und deine Intuition fließen lassen. Was fließt, füllt sich auch sofort wieder auf. Du bist dann im Kontakt mit deiner Lebensführung, deiner Absicht, mit der du diese Welt betreten hast. Dies ist deine göttliche Bestimmung. Wie kraftvoll das ist, dass hast du ja gespürt.

So und jetzt lass uns unser Abenteuer wieder aufnehmen. Alles, was du je gegeben hast und das ist sehr viel, lass zu dir zurückkommen. Fülle dich damit im Bewusstsein, dass du ganz viel Liebe, Freude und Wissen in dir hast, damit du es ausstrahlen kannst. Alles kommt zu dir zurück. Es funktioniert so ähnlich, wie ein Magnet.

Du kannst noch so oft gefehlt haben, was zählt, ist das Jetzt und jetzt bist du da. Du kannst erleben, dass jedes Erkennen vollkommen ist, das heißt, dass jede gemachte Erfahrung okay ist.

Und noch eines: »Deine Arbeit ist schon in vollem Gange! Lass die Dinge sich entwickeln und wisse, dass dein Wunsch mit Menschen zu arbeiten sich erfüllt.

Also, wenn ich dich richtig verstanden habe, sagt Frau O., dass jeder Kranke selbst schuld ist.«

E. »Ja, genau – und das hat mich immer sehr gestört. Keiner sucht sich doch bewusst Krankheit aus. Auf der anderen Seite sehe ich auch die Chance, die Krankheit bietet, nämlich sich dadurch besser kennen zu lernen und an den eigenen Schwächen zu arbeiten. Mein Schwachpunkt war immer das Gefühl: Nicht gut genug sein.«

K. »Du glaubst, nicht gut genug zu sein!
Wenn du dich ganz kennst, weißt du, dass du gut genug bist. Und jetzt ist die Zeit, dich kennen zu lernen. Denn die hast du dir bis jetzt noch nicht genommen.
Sag mir, wie du deine Mitmenschen betrachtest!«

E. »Ich erkenne oft, wie toll die Menschen sind.
Lass mich dir ein Beispiel erzählen. Als ich noch im Kindergarten gearbeitet habe, bekam ich eine neue Arbeitskollegin, als Vertretung für Ingrid, die Mutterschaftsurlaub hatte. Die Neue hatte den Ruf, faul und träge zu sein. Ich freute mich nicht darauf und wurde von meinen Kolleginnen kräftig bedauert.
In den ersten Wochen schien sich unser Urteil auch zu bestätigen. Wenn wir miteinander redeten, dachte ich oft: Meine Güte, was hat die bloß für Probleme. Bis ich feststellte, dass ich ihr gar nicht die Möglichkeit ließ, sich anders zu geben, als ich sie sah. Ich hatte mir ein Bild gemacht von ihr, gefärbt durch das, was ich gehört hatte. Von heute auf morgen änderte sich das. Ich nahm sie ernst, urteilte nicht mehr und sie blühte förmlich auf. Sie leistete erstklassige Arbeit, war beliebt und wir hatten viel Freude miteinander.
Ihre Probleme bekam sie spielend in den Griff und eines Tages stand ihr Mann vor mir und bedankte sich, weil er glaubte, dass diese Veränderung mein Werk gewesen sei. Damals erkannte ich, dass jeder Mensch wertvoll und gut ist.
Seitdem erlaube ich mir nicht mehr, mir ein festes Bild von jemandem zu machen.
Und das größte Geschenk habe ich erhalten, nämlich eine Kollegin, die ehrlich mit mir umging und mich mit ihrem Vertrauen und ihrer Freude bereicherte. Sowohl die Kinder wie auch die Eltern spürten das und fühlten sich in unserer Nähe sehr wohl.
Ich glaube, dass jeder im Moment sein Bestes gibt und dass mit jedem Erkennen von jetzt auf gleich Quantensprünge möglich sind.«
K. »Du bist Klasse!
Du hast erkannt, dass du dich selbst begrenzt hast und die schöne Erfahrung gemacht, wie es sein kann, wenn du die Grenzen öffnest. Und das machen wir jetzt weiter für dich!«

18. Oktober 1999

K. »Guten Morgen, Elisabeth, ich möchte dich etwas fragen!«
E. »Guten Morgen Klara, ich höre!«
K. »Glaubst du, dass du schuldig bist, weil du Krebs hast?«
E. »Mein Kopf sagt nein, doch in meinem Körper fühlt sich das anders an. Ganz tief drinnen lauert oft das Schuldgefühl. Was habe ich bloß falsch gemacht? Wie kann ich meine Lebenslügen finden? Ich möchte mich ganz kennen lernen, habe den großen Wunsch, mich anzunehmen, mit allem, was ich in mir entdecke.«
K. »Die größte deiner Lebenslügen haben wir doch schon gefunden, nämlich:
Du glaubst, nicht gut genug zu sein. Und es ist auch eine Lüge, wenn du meinst, du müsstest dich nur verändern, besser werden, damit du liebenswert bist. Schau mal, wohin dich deine Lebenslügen führen!«
E. »Sie führen von mir weg. Sie sind an die Bilder angelehnt, die andere sich von mir machen. Dabei habe ich doch selbst erfahren, dass, was ich auch tue, sich dadurch das feste Bild anderer nicht verändert. Mit meiner Arbeitskollegin habe ich dies ganz deutlich gespürt.«
K. »Du begreifst schnell! Genau das wollte ich hören, dass Lebenslügen immer von dir wegführen. Erzähl doch bitte mal, wie Krebs in dein Leben gekommen ist.«
E. »Das mache ich gern, nur möchte ich vorher noch sagen, was ich jetzt gerade begriffen habe.
Lebenslügen führen von mir weg. Sie führen mich dahin, wo der Mitmensch mich manipulieren will, weil er sich selbst nicht erkennt, also auch in Lebenslügen verstrickt ist. Solange wir so unfrei sind, dass wir uns selbst nicht akzeptieren, geben wir dem Anderen die Schuld, damit wir uns selbst nicht betrachten müssen.
Das heißt ja, dass es so etwas wie Schuld überhaupt nicht gibt, außer der, dass ich fehle, mich nicht als vollkommen wahrnehme.

Das ist wunderschön und befreit mich von einer großen Last.«
Heute Morgen habe ich mit Maria telefoniert. Ich werde dir bald mehr von ihr erzählen, jetzt erst mal nur, was sie mir gesagt hat, denn das ist wichtig für mich.
Sie sagt, dass sie schauen durfte, wie die Reinigung der Seele vor sich geht.
Wenn der Mensch sich für die Reinheit öffnet und sich wieder mit dem Göttlichen verbindet, entlädt sich die Seele mit ihrem eingelagerten Gift. Dieses gibt sie dann an den Körper ab, damit sie gereinigt werden kann. Anders gesagt, Unbewusstes kommt an die Oberfläche, wird bewusst und kann sich auch in Krankheit zeigen. Ich könnte an dieser Stelle auch sagen, wenn ich mich mir zuwende und aufhöre meine ungeliebten Gefühle und Verhaltensweisen anderen anzulasten, erfahre ich meine Schmerzen und Gebrechen. Die Symptome einer Krankheit sind aber gar nicht so wichtig, sondern die Bereitschaft diese anzunehmen und mit Gottes Hilfe dadurch zu gehen. So ist jede Krankheit Reinigung und nichts anderes. Heilung geschieht in dem Maße, wie ich mich vertrauensvoll in die göttliche Heilung begeben kann. Anders gesagt, wie werde ich eins mit dem Kind in mir.
Und auch hier ist es gleich, welchen Weg ich wähle, Operation oder Chemotherapie.
Im Gott- oder Urvertrauen wächst die Seelenverbindung und ich werde heil.
Es kann auch sein, dass ich diesen Körper verlassen muss. Die Möglichkeit, dass die abgegebenen Gifte meinen Körper so schädigen, dass diesem die Heilung nicht gelingt, ist auch da.
Aber die Seele hat sie abgegeben und wird heil in dem Maße, wie mein Vertrauen wächst.
Ja, und hier befinde ich mich an meiner Grenze. Es ist mir immer noch sehr wichtig, dass mein Körper heil wird. An dieser Grenze möchte ich mit dir arbeiten, Klara, will stark werden im Vertrauen, dass, ganz gleich was kommt in Ordnung ist.«

K. »Ich freue mich auf die nächste Grenzüberschreitung!«
E. »Danke, deine Frage von vorhin lassen wir erst einmal ruhen. Ich will mich jetzt schön machen, nach Erkerath fahren, wo morgen meine Scheidung von Klaus sein wird.«
K. »Elisabeth, ich liebe dich!«
E. »Ich liebe dich auch, bis bald!«

20. Oktober 1999

E. »Hey Klara, die Scheidung ist ganz problemlos gelaufen. Danach hat Klaus mich zum Essen eingeladen. Wir haben uns gegenseitig für unsere gemeinsame Zeit bedankt. Wir haben viel gelernt miteinander, doch jetzt fängt für jeden ein neuer Lebensabschnitt an. Klaus ist ein Freund für mich und wenn wir uns sehen, haben wir oft ganz gute Gespräche.«
K. »Das ist schön!
Hast du jetzt Lust von der Zeit zu erzählen, als du deinen Knoten entdeckt hast?«
E. »Ja, dann mach es dir mal gemütlich!«
»Es war im September 1996. Ich lag morgens im Bett, fühlte mich so richtig wohl, rollte mich auf die Seite, ganz im Bewusstsein, dass Wochenende ist und ich Zeit habe. Keine Hetze, keine Eile, klasse!
Die Sonne schien durch das Fenster, es war warm, ich deckte mich auf, betrachtete meine Brust und sah einen etwa wallnussgroßen Knoten.
Oh, dachte ich, wo habe ich mich da wohl gestoßen?
Keine Panik – keine Angst – das konnte nichts Schlimmes sein, denn auch die Haut war verfärbt, eben, als hätte ich mich gestoßen. Weißt du, das passierte häufig, dass ich blaue Flecken hatte und nicht wusste, wo ich mich gestoßen hatte.
Meine Stimmung wurde davon nicht beeinflusst, doch ich behielt das im Auge.
Zwei Monate vorher waren Klaus und ich für eine Woche bei Maria in Pösling. Dort haben wir meditiert.
Von Maria hörte ich das erste Mal auf der Beerdigung von Klauss Freund, der plötzlich verstarb.
Die Beerdigung war in Trier und ich fuhr an Klaus Stelle mit, da er verhindert war.
Ich saß im Auto der Arbeitskollegen des Verstorbenen. Neben mir

saß eine Frau, die sich rege unterhielt. Ich saß still da und lauschte dem Gespräch. Auf dem Rückweg fragte sie mich, wie ich wohl von Köln nach Hause käme. Ich wolle mit dem Zug fahren , erklärte ich und Angela bot sich an, mich nach Hause zu fahren.
In dieser halben Stunde erfuhr ich von Maria in Pösling. Sie gab mir die Adresse und ich wusste: Da will ich hin!
Es hat dann noch ein Jahr gedauert, bis ich das in die Tat umgesetzt habe.
Also diese Woche in Pösling war schon erstaunlich. Ich hatte hohe Erwartungen und dachte damals: Wie, das soll es gewesen sein, abends eine Meditation?
Als wir wieder zu Hause waren, fühlte ich eine nie erfahrene innere Kraft und ich wusste, dass ich diese Kraft auch brauchen würde. Ich hatte die Kraft, ja zu sagen, ganz gleich, was kommt. Jede Meditation, jedes Gebet war Kraft pur und ich wusste, es gibt nichts, was ich nicht schaffen kann.
Ja und dann war sie da , die Schwierigkeit und ich wollte sie doch nicht haben.
Das war doch gegen mich, nein und noch mal nein, das nicht!
Ich habe mich gewehrt, gejammert und nur in der Meditation fühlte ich noch die Bereitschaft, mich mir zuzuwenden. Ich hatte die Herausforderung von außen erwartet, bei der ich liebend und helfend Einsatz finden würde.
Bis ich begriff, dass ich für mich in liebender Weise da sein sollte, habe ich schon schwierige Kämpfe mit mir ausgestanden.
Dass auch Krebs für mich sein sollte, habe ich lange nicht so sehen können.
Natürlich habe ich mir auch Hilfe geholt.
Zunächst fiel mir nur Stefan ein. Stefan war seit fünf Jahren unser freundschaftlicher Ratgeber und Heiler gewesen. Für Klaus hat er viel bewirken können.
Als wir ihn das erste Mal besuchten, brachte er zur Sprache, was wir uns nicht wagten auszusprechen.

Klaus hatte im Januar 1986 eine Tumorentfernung im Rückenmark und ist seitdem vom Hals an inkomplett querschnittgelähmt. Die Fortschritte, die Klaus nach der Operation gemacht hatte, verloren sich wieder und die Symptome verschlimmerten sich in beängstigenderweise.
»Ja, merkt ihr denn nicht, dass das schon längst wieder wächst?«
Die erste Sitzung war schwer für uns, durchbrach sie doch unser Nichtsehen, Nicht-Wahrhaben-Wollen. Aber er gab uns auch Hoffnung mit und von diesem Tag an waren wir alle vier Wochen bei ihm. Klaus erreichte mit ihm zunächst eine Stabilisierung und dann stetige Verbesserung.
Nun, diesen Mann suchte ich jetzt auch für mich auf. Er beruhigte mich auch sofort. Hier handele es sich nur um eine Blockade, ich solle mir keine Sorgen machen. Nach einer Behandlung bei ihm war der Knoten tatsächlich nicht mehr fühlbar. Doch schon auf dem Heimweg zeigte er sich wieder in voller Größe.
Parallel dazu besuchte ich Els, eine Frau, die im Kontakt mit ihrer inneren Stimme war. Sie hatte ich lange vorher durch Stefan kennen gelernt. Schon oft haben wir Gespräche gehabt, die mich jedes Mal weiter brachten. Egal, welche Probleme ich auch hatte, sie führte mich immer zu mir selbst. Und das brauchte ich jetzt.
Bis zum 3. April 1997. Das war dann mein letzter Termin bei Stefan. Seine Meinung, dass es sich bei mir nur um eine Blockade handelte, stimmte nicht mehr für mich und ich machte einen Termin beim Arzt.
Die Mammographie folgte schon am nächsten Tag.
Auf Inlineskates bin ich nach Feierabend in die Praxis gefahren.
Die Untersuchung ergab drei Knoten in der linken Brust und der Arzt riet mir, mich sofort in die Klinik zu begeben, da alle Anzeichen für die Bösartigkeit der Tumore sprachen. Ich bekam die Aufnahmen und ging damit nach Hause.
Weinend erzählte ich Klaus von der Untersuchung.
An diesem Abend habe ich dich zum ersten Mal gehört.

»Du bist nicht allein, keine Angst, du bist nicht allein!«
Am Montag bin ich dann mit den Aufnahmen zu Stefan in die Praxis gefahren, habe ihm die Bilder gezeigt und wollte nun seine Meinung hören.
Er wollte es immer noch nicht wahrhaben und sagte mir: »Glaube doch nicht dem erstbesten Arzt. Ich kenne einen Frauenarzt, der auch mit mir zusammenarbeitet. Ich verschaffe dir einen Termin und dann sehen wir weiter.«
Klara, ich habe nie mehr was gehört von diesem Mann, den ich bis dahin für einen Freund gehalten habe.
Ich war durcheinander, konnte keinen klaren Gedanken fassen und fühlte mich allein.
Aber nun noch einmal zurück zum Montag. Nachdem ich von Stefan kam, ging ich auch zu meinem Frauenarzt. Dieser ließ keine Zweifel offen, dass hier dringend amputiert werden müsse. Er hatte den Hörer schon in der Hand, um alles in die Wege zu leiten, als ich ihm sagte, dass er dies lassen solle, da ich mich jetzt erst einmal für eine Woche zur Meditation zurückziehen würde.
Ob ich die Dringlichkeit nicht verstanden hätte, wollte er wissen. Ich schaute ihn an und erklärte ihm, was ich verstanden habe, nämlich, dass so schnell wie möglich amputiert werden müsse, da jeder Tag zählen würde, wenn es nicht auch jetzt schon zu spät sei.
Ja, sagte er, und wie ich dann jetzt noch wegfahren könne, sei ihm unbegreiflich.
Ich antwortete ihm, dass dies jetzt seine Entscheidung sei und ich aber meine Entscheidung treffen wolle. Ich könne aber nur entscheiden, wenn ich Kontakt mit mir hätte und das gelinge mir unter diesem massiven Druck nicht.
Am Dienstag bin ich dann mit einer Freundin nach Pösling zu Maria gefahren.
Klara, das war eine wunderschöne Woche. Ich habe mit Marita dort die Tage verbracht, die abendlichen Meditationen genossen und wurde mit jedem Tag stärker. Nach dieser Woche wusste ich,

dass es keine Amputation und keine Chemotherapie für mich geben würde.

An dieser Stelle muss ich Marita danken. Ich rief sie Dienstagmorgen an, weil ich merkte, dass ich mir die Fahrt allein nicht zutraute. Ich zitterte am ganzen Körper. Als nur der Anrufbeantworter anging, befürchtete ich schon, dass sie nicht zu Hause war. Marita erzählte mir, dass sie im Bett lag, als das Telefon klingelte und sie wusste, dass es wichtig war. Fünf Minuten später rief sie mich an, erklärte mir, dass sie ihren Sohn untergebracht hätte und dass die Fahrt beginnen könne.

Das ist Liebe, Klara!«

K. »Du bist sehr stark geworden in dieser Zeit.«

E. »Ja, ich bekam ein ganz neues Körpergefühl. Ich wollte leben und das bedeutete für mich jetzt, dass ich mein Leben in die Hand nehmen musste und jede Entscheidung mit mir abmachen musste. Denn das habe ich bis dahin nicht gemacht.

Ich habe funktioniert für andere, habe deren Bedürfnisse erfüllt, oft noch, bevor sie geäußert wurden.

Von nun ab wollte ich das auch für mich tun.«

K. »Aus meiner Sicht ist die Konfrontation mit dem Krebs der Einstieg in dein bewusstes Leben.«

E. »Kannst du mir erklären, wieso ich für mich immer die Hammermethode wähle?«

K. »Wenn es dein Ziel ist, dass du dich lieben lernen willst, bekommst du auch immer die Gelegenheit dazu. Doch du hast dich weit davon entfernt, glaubtest immer, dass andere dich lieben müssten, damit du dich dann auch lieben kannst. Immer in Abhängigkeit, denn ohne Liebe gibt es kein Leben. Du bist Liebe - das willst du erfahren!

Und um es mit deinen Worten zu sagen: «Das ist hammermäßig!«

Große Ziele sind nicht so leicht zu erreichen.

Du hast als Kind die Liebe vermisst, weil deine Eltern mit dem Geschäftsaufbau und ihrem Leben beschäftigt waren.

Weil du dachtest, dass du der Liebe nicht würdig bist, hast du weder in deiner Ehe noch mit Carl Liebe erfahren.
Die Suche nach Liebe wird uns beide innig verbinden, bis wir eins sind. Das ist dann eine Liebe, von der die Welt profitieren wird. Deine Welt strahlst du aus und ich freue mich, dass wir dabei sind, es wahr werden zu lassen.«
E. »Ich freue mich auch!
Und jetzt Klara fällt mir gerade ein, wie ich eines Morgens wach wurde und folgenden Satz hörte: »Deine Liebe, die du verschenkst, ist vollkommen! Achte in deinem Leben darauf, dass du sie nicht an Menschen verschwendest, die sie in ihr Ego packen.« Ich habe mir das damals sofort aufgeschrieben. Es war morgens am 10. April 1999 und ich reiste gerade mit Carl durch Portugal. Ich konnte in dieser Zeit mit dem Satz nichts anfangen, wusste aber, dass es sich lohnen würde, darüber nachzudenken. Später habe ich mir dann darunter geschrieben:
»Das macht den Beschenkten im Ego groß und den Schenkenden klein. Ich erkenne dann meine Größe, meinen Wert nicht mehr, weil das Gegebene vom anderen konsumiert wird und nichts davon zurückfließt.«
Lieber Schatz, genug für heute. Ich freue mich auf das nächste Plauderstündchen mit dir.«
K. »Schöne Worte, die uns sicher noch manches erkennen lassen, bis bald, ich freue mich mit dir!«

21. Oktober 1999

E. »Guten Morgen Klara!
Meine Nächte sind zurzeit turbulent. Viele Gedanken gehen durch meinen Kopf und das Thema, um welches sich die Gedanken kreisen, kann ich nicht benennen. Da ist noch viel Unbewusstes, wie kann ich das ändern?«
K. »Guten Morgen Elisabeth, was willst du ändern?«
E. »Ich will das Unbewusste bewusst machen.«
K. »Das tust du doch. Deine so genannten unbewussten Gedanken kommen schon weit ins Bewusste. Du glaubst, dass du wach bist, doch ist es eher so, dass du dich im Schlaf wahrnimmst.«
E. »Schön, dann will ich mich mal in Geduld üben!«
K. »Denke noch einmal über den Satz nach: Deine Liebe, die du verschenkst, ist vollkommen...«
E. »Ich vergleiche das jetzt mal mit meiner Arbeit. Alles was ich da gegeben habe, floss sofort als Kraftpotenzial zu mir zurück. Das war Liebe!
Die Liebe, die ich für Carl empfand, die ich auch gerne kundtat, weil ich überfloss davon, kam nicht zurück. Wo liegt hier der Unterschied?«
K. »Was hast du von den Rat suchenden Menschen erwartet?«
E. »Nichts, ich beantwortete ihre Fragen in Kontakt mit mir. Ich habe nie etwas anderes gegeben als mein Wissen, meine Erfahrung und meine Intuition.«
K. »Was hast du von Carl erwartet?«
E. »Da wollte ich das Echo, wollte spüren, dass ich für ihn wichtig war, wollte sein Gefühl für mich spüren.«
K. »So geht das, wenn du dich leer gibst! Du gibst Liebe und bist dir nicht bewusst, dass du Liebe bist. Du empfindest sie doch, du denkst sie, fühlst sie in beglückender Weise. Sich dessen bewusst sein, dass du bist, was du fühlst, macht leer geben unmöglich.«
E. »Warum konnte ich das mit Carl nicht?«

K. »Du hast dir einfach noch nicht die Zeit genommen, dich kennen zu lernen. Deshalb glaubst du, dass es Menschen gibt, die dich glücklich machen können, weil sie etwas haben, von dem du glaubst, dass du es nicht hast. Damit machst du eine Bindung und im allgemeinen an einen Menschen, der mit dir das Gleiche lernen will.
Euer Spiel war, dass du Liebe gegeben hast und Carl sie konsumiert hat. Auf beiden Seiten war hier ein Defizit. Du kommst dann nur weiter, wenn du Selbstreflexion machst und das hast du getan.
Du bist schon sehr weit gekommen damit, fühlst du das?«
E. »Ja, zunächst bin ich durch die Hölle gegangen. Ohne Liebe wollte ich nicht sein. Wo waren sie, die Augenblicke inniger Vertrautheit, der liebe Blick, eine kleine, leichte Berührung, die Freude beim Anblick des geliebten Partners? Ich suchte aber nicht in mir, was mir fehlte, sondern bei meinem Partner.«
K. »Falsche Adresse! Dir fehlte doch was und das kannst du auch nur in dir finden.«
E. »Hier beißt sich die Katze in den Schwanz! So ganz habe ich das noch nicht begriffen. An dieser Stelle fällt mir eine Geschichte ein. Mal sehen, ob mir damit etwas deutlich wird.«
Als der liebe Gott das Unternehmen Erde plant, weiß er auch um die Irrwege Bescheid, die der Mensch wählen wird, bevor er sich seiner Göttlichkeit wieder bewusst wird.
Und er überlegt, welcher Platz für die Reinheit, Liebe, Schöpferkraft und die Allmacht wohl der beste sei.
Auf dem höchsten Berg?
Nein, den wird der Mensch erobern, bevor er reif dafür ist.
In den Tiefen des Meeres?
Nein, auch hier wird der Mensch eindringen, bevor er bereit ist sie im göttlichen Sinne einzusetzen.
Im Menschen selbst?
Ja, hier kann kein Missbrauch mehr entstehen. Wenn der Mensch

bereit ist, sich selbst zu betrachten, erkennt er sich, seine Umwege, seine Irrtümer. Unter all diesen Irrungen wartet unsere Schöpferkraft. Jeder, der seine Irrwege erkennt, wird demütig im langsamen Erkennen seiner Allmacht und wird diese nicht mehr missbrauchen können.
Denn jeder Missbrauch führt wieder weg von dieser Kraft.
Klara, das ist jetzt meine Version der Geschichte, die ich vor langer Zeit mal gehört habe.«
K. »Deine Version gefällt mir. Erkennst du jetzt etwas Neues?«
E. »Ja, ich erkenne, dass damit jede Bindung ein Hemmschuh ist. Das empfinde ich als Verlust. Ich suche doch einen Partner, mit dem ich meinen Weg gehen kann. Einen Menschen, der so sein darf wie er ist und der mich meinen Weg gehen lässt, weil er auch mich anerkennt, als Suchenden auf dem Weg zu meiner Bestimmung, meinem Ursprung. Der mich nicht verändern will, sondern mit mir schaut, ob das, was wir gerade tun, für oder gegen unsere Reinheit, Liebe, Wahrheit und Schöpferkraft ist. Und das Ganze in liebevoller, bewusster Weise, nämlich mit dem Wissen, dass wir alle im gleichen Boot sitzen und keiner besser oder schlechter ist.«
K. »Du sprichst vom Paradies!«
E. »Nein, ich spreche von Einsamkeit. Ich kenne keinen, mit dem ich so bewussten Umgang haben kann.«
K. »Wir haben jetzt so einen bewussten Umgang!«
E. »Ja, das stimmt und ich empfinde ganz viel Freude mit dir!«
K. »Und auf die Liebe deiner Mitmenschen brauchst du auch nicht zu verzichten. Sie wird wachsen, in dem Maße, wie deine Selbstliebe wächst und das wird sehr schön, weil die Bindungen, sprich Erwartungen an den Anderen wegfallen. Dann wirst du in deinem Gefühl bleiben, auch, wenn der Andere noch nicht so weit ist.
Ich möchte noch mehr erfahren von dir. Du bist aus Pösling zurückgekommen und wusstest, dass es keine Amputation und

keine Chemotherapie geben wird. Wie ging es weiter mit dir?«
E. »Ich besuchte wieder meinen Frauenarzt und bat ihn, mir eine Überweisung in die Lahnsteinklinik zu geben. Dort wollte ich mit gesunder Ernährung und psychotherapeutischer Begleitung weiter für meine Genesung arbeiten.
In der Lahnsteinklinik waren die Ärzte mit mir überfordert und sie zwangen mich sofort in die Überlegung, dass eine Operation unumgänglich sei.
Sie suchten für mich einen Arzt, der brusterhaltend operiert und der auch meine Ansichten tolerieren würde.
So kam ich nach Gommersbach zu Dr. Hummerich.
Die Operation war dann am 6. Mai 1997.
Ich erinnere mich an das Gespräch mit Dr. Hummerich, als es darum ging, was nun weiter mit mir geschehen solle.
Er sagte: »Ich weiß nicht, was ich Ihnen raten soll. Als Mediziner muss ich sagen, beide Brüste ab und eine harte Chemotherapie! Doch ich fühle, dass es für Sie besser ist, wenn Sie Ihre Brüste behalten. Machen Sie eine so harte Chemotherapie, dass Sie an nichts mehr festhalten.« »Wollen Sie mir Lust aufs Sterben machen«, fragte ich ihn und er antwortete mir: »Ja, darin sehe ich Ihre Chance.«
Am 5. Mai, also einen Tag vor meiner Operation habe ich beim Schnüffeln in einem Buchladen ein Buch, welches von Selbstheilung erzählt, gefunden, gekauft und noch am gleichen Abend gelesen. Es faszinierte mich und zeigte mir deutlich, dass es noch andere Möglichkeiten gab.
Ich wollte den Kontakt zu Frau O., über die in diesem Buch berichtet wurde und meldete mich zum nächsten Inspirationstag in Berlin an. Danach machte ich mit Frau O. einen Termin für die Zellkernklärung aus. Hierbei handelt es sich um eine Reise durch den Körper. Klara, für zwei Mal zwei Stunden bezahlte ich 1650 Mark. Da musste ich schon schlucken, doch ich wollte es für mich tun. Ich habe gezaudert, konnte nicht einsehen, warum ei-

ne solche Behandlung so teuer sein sollte. Ich fragte mich, mit welchem Recht sie so hohe Honorare forderte. Zu einer Entscheidung konnte ich mich erst durchringen, als ich mit meiner Fragestellung nur bei meinen Bedürfnissen blieb.
Ich wollte es kennen lernen!
Wenn Frau O. für sich fehlt, ist es nicht meine Aufgabe das zu ändern. Meine Aufgabe bestand nur darin, mir klar zu werden, ob ich diese Zellkernklärung will und ich wollte sie.
Denn wenn meine Körperzellen meine lebensverneinenden Impulse speichern, fand ich, sei dies der richtige Weg, um zu schauen, zu spüren und zu erleben, was mein Thema ist. Ich wollte den Weg der Genesung finden.
Klara, ich erzähle dir zwei Erlebnisse aus dieser Sitzung.
In meiner Brust sah ich eine Achterbahn. Viele Menschen saßen darin, hatten Spaß und lachten. Als die Bahn anhielt, gingen die Mundwinkel der bis dahin fröhlichen Menschen nach unten und sie schauten mich an. Ich sollte die Bahn wieder antreiben und ich war wütend. Ich habe sie alle weggeschickt, denn ich war nicht mehr bereit, für sie weiter den Hampelmann zu spielen. Als sie dann alle gegangen waren, spürte ich Erleichterung. Ich begriff, dass ich immer die Verantwortung dafür übernahm, damit sich andere wohl fühlten.
In meinem Bauchraum sah ich einen großen Schleimer, der unentwegt sabberte, um alle Disharmonien damit zuzudecken. Meinen Schleimer spürte ich zum letzten Mal als Teilnehmerin beim Inselseminar auf Gran Canaria. Frau O. wollte ein Paar aus der Gruppe ausschließen, weil die beiden wegen eines Streites am Vormittag wegblieben. Während einzelne Teilnehmer schimpften und sich der Meinung von Frau O. anschlossen, spürte ich meinen Schleimer und verpasste es, zum richtigen Zeitpunkt meine Meinung dazu zu sagen. Bis ich den Mut hatte und sagte, dass mich die beiden nicht stören würden und mich persönliche Dinge nichts angingen, die sie mit sich zu klären hätten, stand ich

schon bis zu den Knien im Schleim. Was ich daraufhin überhaupt nicht nachvollziehen konnte, war Frau O.s Reaktion auf meine Position: Damit hatte ich ihr bewiesen, dass ich mir nichts wert sei. Von da an war mein Schleimer weg.
Damit hatte ich ein weiteres Lebensthema erkannt: Meine Meinung kundtun, wenn ich weiß, dass viele dagegen sind, fällt mir sehr schwer. Es verletzt mich, wenn meine Meinung benutzt wird, um mich in eine Schublade zu packen, in dem Fall mit der Aufschrift: »Die ist sich nichts wert!«

K. »Und nach Frau O.s Theorie musst du jetzt Farbe atmen, damit du die Kränkung reinigen, erlösen kannst.«

E. »Ja, sie sagt, dass es immer eingespeicherte Dinge sind und nie die aktuelle Situation. Und die geöffnete Einspeicherung, kann nun erlöst werden.«

K. »Stimmt das für dich?«

E. »Zum Teil! Ich glaube, dass wir tatsächlich viele Kränkungen geschluckt, viele Gefühle und Emotionen gedeckelt haben, sie nicht ausgelebt haben, weil es nicht gesellschaftsfähig gewesen wäre. Ich will auch nicht jedem und in jeder Situation meine Traurigkeit, Wut oder Verletzlichkeit zeigen.

Ich glaube auch, dass Frau O. sich mit dieser Theorie einen Freibrief für Verletzungen anderer ausgestellt hat.

Vieles, was Frau O. macht, finde ich gut und manches konnte ich für mich nicht annehmen. Wir haben uns damals gut ergänzt, doch wie gesagt sollte meine Arbeit nach meinem Urlaub der ihren angeglichen werden, was nicht ging.

Du, Klara, ich hab genug von dieser Erzählung. Mir ist viel klar geworden in dieser Zeit mit Frau O.. Jetzt möchte ich weiter mit mir arbeiten, mit meinen Grenzen und Begrenzungen, damit ich mein Leben leben kann.«

K. »Wo liegt deine jetzt spürbare Grenze?«

E. »Im Moment spüre ich keine.«

K. »Dann lass uns damit warten, bis du sie spürst, denn Fragen

werden immer beantwortet, wenn sie aus dem Herzen kommen.«
E. »Okay, ist auch genug für heute. Ich werde mal schauen, was es im Fernsehen gibt. Mal was ganz anderes, tschüss!«
K. »Willst du doch noch was sagen?«
E. »Ich bin verletzt und ich habe keine Erklärung dafür.«
K. »Ja!«
E. »Ich habe eine verdammte Wut auf Frau O., die mich nicht mehr sein lassen konnte, wie ich war.
Als ich aus Pösling kam, war ich schon einige Schritte weiter. Ich konnte akzeptieren was kommt und habe in der Zeit mit Frau O. wieder Schritte rückwärts gemacht. Einen Gott gibt es gar nicht für sie und jeder ist selbst schuld. Ich kann doch nur heil werden, wenn ich Vertrauen mit mir entwickele, meine Kraft erkenne und ich habe mich davon wegbewegt.
Über eine lange Zeit habe ich Angst gehabt, dass ich die Stelle verlieren könnte, weil mir meine Heilung nicht gelingt und ich mir dann anhören müsste, dass ich genau wie alle anderen ja gar nicht leben will. Den Erfolgszwang habe ich nicht ausgehalten und mit jedem »Fehler«, den sie mir vorwarf, geglaubt, dass ich meiner Heilung selbst im Wege stehe.«
K. »Und dann hast du deinem Wissen und deiner Fähigkeit nicht mehr getraut. Jetzt weißt du wirklich, weshalb du so lange gewartet hast mit deiner Arbeit!
Ich danke dir, dass du da hingeschaut hast.«
E. »Das tut weh! Bis morgen Klara!«
K. »Danke!«

22. Oktober 1999

K. »Hey Elisabeth, die Nacht war wieder voller Arbeit für dich. Die langen Wachstunden werden wieder vergehen. Es ist sehr viel, was du jetzt verarbeitest.
Jetzt kommen sie wirklich hoch, deine eingespeicherten Zellinformationen.«
E. »Ja, das sehe ich auch so. Ich habe mich um 22 Uhr hingelegt, weil ich sehr müde war und war um 24 Uhr wieder hellwach. Um 3 Uhr bin ich dann aufgestanden und habe eine halbe Schlaftablette genommen. Der Schlaf bis um 8 Uhr hat mir sehr gut getan.«
K. »Das ist gut, tue für dich alles, was du brauchst!
Erzähl mir doch von deinem Gefühl nach der Meditationswoche bei Maria.«
E. »Klara, ich war voller Vertrauen, ich fühlte Gottesliebe und Stärke. Mir konnte gar nichts passieren, ich wusste um die Heilung meiner Seele und wusste auch, dass die heilenden Impulse ständig einströmten. Ich war voller Vertrauen und Glück über meine Genesung, die ich deutlich spürte.
Und meine Genesungswünsche hatten keine Grenzen, sie waren nicht mehr nur körperorientiert, sie waren grenzenlos.
Ich wusste, dass Heilung geschah und ich fühlte mich reich beschenkt.«
K. »Ja!«
E. »Wie schon gesagt, kam ich dann in die Lahnsteinklinik. Meine Stärke konnte ich nicht halten. Der Druck der Ärzte, die mir klarmachen wollten, dass ich Selbstmord beginge, wirkte.
In der Klinik hatte ich dann ein Erlebnis, welches mich heute noch staunen lässt. Weißt du, es geschehen täglich Wunder.
Ich spielte mit meiner Zimmergenossin Rommeé, als ich plötzlich meinen Knoten ganz groß fühlte und ich bekam Panik wie noch nie.

Wenn dieses Spiel zu Ende ist, sagte ich, dann möchte ich aufhören.

Wir sind doch gerade erst angefangen, sei doch nicht so ein Spielverderber!

Ich ließ die Karten einfach fallen, stand auf und ging durch den großen Aufenthaltsraum und blieb wie angewurzelt an einem Tisch stehen.

Auf der Couch saß eine sehr dicke Frau, mit der ich Blickkontakt hatte. Auf dem Tisch lagen Tarot-Karten und wie gesagt, ich stand da und konnte nicht weitergehen.

»Willst du dich zu uns setzen«, fragte mich diese Frau und ich sagte »Ja«. »Du hast Panik in deinen Augen«, bemerkte diese Frau und ich bestätigte ihr, dass dies auch so sei.

Sie zeigte mir, dass es nun ganz wichtig sei, mich zu fühlen.

»Nimm deine Hände«, sagt sie, »streiche über deine Beine und fühle dich dabei.«

Ich befolgte ihren Rat und fühlte das Streicheln und wie meine Panik verschwand.

Wir redeten noch ein bisschen miteinander, als plötzlich ein Mann im Rollstuhl eine Frage an mich stellte.

Ich hatte seine Frage nicht verstanden, löste meine Hände von meinen Beinen und fragte: »Was hast du gefragt?«, worauf die Frau neben mir sagte: »Lass deine Hände bei dir, verlass dich jetzt nicht!«

Daraufhin legte sie für mich die Tarot-Karten und erzählte, was ihr die Karten zeigten.

Es würde eine Operation geben! Es würde eine schwere Zeit kommen, doch ich würde diese überstehen und am Ende selbst eine große Heilerin werden.

Sie beneidete mich doch tatsächlich für eine solche Möglichkeit.

Meine Lebensmission sei überaus wichtig, ich würde es schaffen, auch wenn es im Moment nicht so aussähe. Ich bedankte mich und ging dann zu Bett.

Nachts um 2 Uhr wurde ich wach und hatte die gleiche Panik.
Ich wollte diese Panik nicht und was ich auch versuchte, es gelang mir nicht, sie zu vertreiben. Ich stand auf, schrieb im Tagebuch, die Panik blieb!
Dann betete ich: »So lieber Gott, wenn ich diese Panik habe, dann will ich sie mir auch anschauen und bitte, bleibe bei mir, allein will ich das nicht.«
Ich legte mich hin, wollte mich meiner Angst stellen und was dann geschah war einfach unvorstellbar: Ich sah einen Wald, dieses Bild verschwand und der Blick wurde frei auf einen See, der Wald dahinter und dann floss Sonnenlicht ein. Ich war ganz ruhig und staunte.
»Das ist alles, lieber Gott?«, fragte ich, »ich muss nur bereit sein, mir anzuschauen was ist?« Und ich fühlte, ja, das ist alles!
Ich konnte schlafen, ganz ruhig und erholsam.
Klara, das war für mich ein großes Wunder, was ich da erlebt habe.«
K. »Ja, du hast erlebt, dass diese Panik für dich war.
Sie nicht haben zu wollen wäre eine Entscheidung gegen dich gewesen.
Mit der Annahme und Anerkennung, dass sie da sein durfte, geschah die Heilung.
Wir haben das Werkzeug, das wir brauchen, von Gott selbst mitbekommen. Wir müssen diese Gottverbindung nur wieder zulassen, dann ist alles da, was wir brauchen.
Die Gottesliebe ist so unglaublich groß. Er lässt uns immer selbst entscheiden.
Schau nur mal, was du alles unternimmst, wenn deine Kinder etwas tun, von dem du glaubst, dass es nicht gut für sie ist. Du erlaubst ihnen dann diese Erfahrung nicht, für die sie sich entschieden haben.
Gott aber erlaubt uns jede Erfahrung, uneingeschränkt, voller Liebe, auch wenn wir uns gegen ihn und somit auch gegen uns stellen.

Kein Urteil, nur Liebe, weil er nicht anders kann, denn er ist Liebe!«
E. »Du bist gut für mich Klara!«
K. »Ja, wir lernen gut miteinander. Ich freue mich!«

29. Oktober 1999

E. »Hey Klara, mir geht es heute nicht gut!«
K. »Was ist los?«
E. »Ich fühle mich allein! Mein Schmerz ist so groß, dass ich schreien möchte. Carl hat mir heute morgen erzählt, dass er nach Zermatt fahren möchte. Im Februar letzten Jahres waren wir gemeinsam dort und hatten eine sehr schöne Zeit.«
K. »Und jetzt bist du traurig, weil du an eine schöne Zeit erinnert wirst und Carl dies nun ohne dich tut?«
E. »Ja, warum erzählt er mir das?«
K. »Ist das wirklich wichtig, warum er dir das erzählt?«
E. »Nein, du hast Recht! Es ist nur so, dass ich die Zeit so wunderschön fand. Dass sie vorbei ist, macht mich traurig.«
K. »Bleib jetzt bei dir, bei deiner Traurigkeit, denn sie gehört dir, schau sie dir an und schaue auch, wann die Traurigkeit begonnen hat.«
E. »Gestern kam das Buch von Brigitta. Ich habe es in einem Rutsch gelesen. Sie schreibt sehr lebendig, mutig und voller Freude. Ich habe Spaß gehabt beim Lesen und gleichzeitig verglichen, unsere Unterhaltung, meine Traurigkeit und ihre Art, von ihrem Leben zu erzählen.«
K. »Kannst du das vergleichen?«
E. »Nein, ich habe nur bemerkt, dass sie es geschafft hat, ihre Liebe wieder neu zu beleben, während ich es nicht geschafft habe und nun allein bin.«
K. »Fühlst du dich als Versager?«
E. »Ja!«
K. »Wo hast du versagt?«
E. »Ich schaffe es doch nicht, von »meinen Männern« wahrgenommen zu werden.«
K. »Warum nicht? Kann es sein, dass du immer noch die Unverletzliche spielst?«

E. »Ja, das stimmt, am liebsten hätte ich Carl heute Morgen angebrüllt!«
K. »Warum tust du das nicht?«
E. »Ich habe Angst davor, ihm meine Verletzlichkeit zu zeigen und ziehe mich lieber zurück.«
K. »Ist das für oder gegen dich?«
E. »Es ist auf keinen Fall für mich. Ich glaube immer noch, dass ich die Fröhliche spielen muss, die Unverletzliche, die nichts erschüttern kann, damit keiner in meinen Wunden herumstochern kann und tue das damit bei mir selbst. Ich gebe ihm gar nicht die Möglichkeit, mich zu erkennen.«
K. »Ja!«
E. »Wie komme ich da jetzt wieder raus?«
K. »Wo willst du rauskommen?«
E. »Aus meiner Verletztheit!«
K. »Sprich sie aus, alles, was dir jetzt in den Sinn kommt.«
E. »Es ist so unglaublich unverschämt, dass Carl mich anruft und mich einlädt, sein neues Bad mit ihm einzuweihen. Für mich ist ganz eindeutig, dass er mit mir schlafen, mich benutzen will. Er hat dann alles, was er braucht: seine Ruhe und ein bisschen Sex. Was dabei in mir vorgeht, interessiert ihn überhaupt nicht. Mich ärgert, dass ich mich auch noch freue, dass er wenigstens das will. Das hat doch mit Liebe nun wirklich nichts mehr zu tun. Ich bin vielleicht blöd, was glaube ich eigentlich, wenn ich mich damit noch gebauchpinselt fühle, bin ich eigentlich total übergeschnappt?
Klaus lässt sich Zeit mit der Bezahlung, weil ich ja nicht so wichtig bin, alles andere ist wichtig, nur nicht ich, denn ich bin ja ein Freund. Freunde darf man ignorieren, verletzen, hinhalten. So scheine ich mich immer anzubieten, was bin ich doch für ein blödes Schaf.
Carl baggert rum, als wäre nichts geschehen: »Lisa lacht ja wieder, jetzt ist sie wieder interessant«, so ein Arschloch. Was habe ich

bloß an mir, dass er mich so verachtet?
Ich will das nicht mehr!!!
Ich habe die Schnauze voll!!!
Verlogenes Gesindel!!!
Überheblich, arrogant, egoistisch, ich bin verletzt!!!
Carl, tu das nie wieder, nie wieder, hörst du, ich will dich so nicht und ich will auch nicht so eine Freundschaft mit Klaus, der mich auch ausnutzt.
Weg mit der rosaroten Brille!!!
Sollen sie mir doch alle gestohlen bleiben!!!
Klara, ich will mich und meine Bedürfnisse endlich auch wahrgenommen wissen!
Ich habe meinen gesamten Hausstand verschenkt, habe nur noch meinen Koffer und meine Kleidung, sonst nichts. Carl glaubt, dass dies alles meine Sache ist und schickt mich zum Sozialamt, damit ich mich neu einrichten, leben kann. So ein geiziger, ignoranter Bursche, ein kleines Kind, das jede Menge Spielzeug hat und nichts abgeben will, dem es egal ist, wenn andere in der Gosse liegen, denn ihm geht es ja gut. Der nie von sich etwas gibt, immer aalglatt drum herum redet und keinem auch nur ein bisschen von sich zeigt.
Bloß nicht investieren, sondern andere ausziehen, bis auf die Knochen. Wie ein Vampir die Fröhlichkeit, Lebendigkeit absaugen, weil er sie selbst nicht fühlt. Und wenn die Fröhlichkeit weg ist, dann kann auch die Frau gehen, denn jetzt ist sie ja wertlos für ihn. Jetzt wähnt er sich fröhlich, gemessen an der Traurigkeit, die ich ihm gespiegelt habe, die auch seine ist.
Ich bin gedemütigt und verletzt!!!«

30. Oktober 1999

E. »Heute Morgen habe ich Carl angerufen, ihm gesagt, dass ich am Mittwoch nicht kommen werde, da ich auf seine Ausnutzung keinen Wert mehr lege. Ich sei keine Hure und werde mich auch als solche nicht von ihm benutzen lassen.«
Wie ich so einen Schwachsinn reden könne, wir hätten doch so eine schöne Zeit miteinander verbracht!?
Ich bin wild geworden, habe ihm verboten, so mit mir zu reden, meine Meinung als Schwachsinn abzutun erlaube ich ihm nicht mehr und habe den Hörer aufgelegt. Den ganzen Tag war ich sauer! Ich blicke selbst nicht mehr durch.
Ich bin traurig, so bodenlos traurig!«

31. Oktober 1999

K. »Wie und wann prostituierst du dich?«
E. »Wenn ich mich ausnutzen lasse!
Wenn ich mich auf Sex reduzieren lasse!
Wenn ich nicht gehört werde!
Wenn ich etwas tue, was ich nicht will, weil der andere mir so viel bedeutet.«
K. »Gut, dann kannst nur du das für dich ändern!
Lasse dich nicht mehr ausnutzen!
Lasse dich nicht auf Sex reduzieren!
Bestehe darauf, dass du gehört wirst und lasse nicht locker, bis du gehört worden bist!
Bedeute dir so viel, dass du nicht mehr tust, was du nicht willst!«
E. »Verdammt noch mal, wie geht das?«
K. »Dafür brauchst du den Kontakt mit dir!
Du brauchst Selbstliebe und Selbstvertrauen. Du musst für dich das Wichtigste werden. Warum bist du bei Carl ausgezogen?«
E. »Carl hat mich missachtet. Er hat mich nicht gehört. Ich habe alles zehn Mal sagen müssen und bin doch nie gehört worden. Ich fühlte mich rausgeekelt!«
K. »Schau mal, ob das für dich stimmt:
Du hast dich missachtet: Du hast dich nicht gehört. Du hast dich rausgeekelt aus deinem Bewusstsein, in sein Bewusstsein. Was kannst du an Carl nicht leiden?«
E. »Seine Überheblichkeit, seine Ignoranz, seine Projektionen, dass er sich nicht anschaut und mich verändern will. Er sagt »Mach doch dein Ding« und verlangt, dass ich seins mache. Er hat keinen Kontakt zu seinen Gefühlen, er ist dumpf und funktioniert für die Scheinwelt. Mehr Schein als Sein.«
K. »Warum hast du mitgespielt?«
E. »Ich wollte ihn nicht verlieren, er war so toll, als wir uns kennen lernten. Ja, du hast Recht, ich habe mich missachtet, schon

allein deswegen, weil ich mich nicht gehört habe. Ich habe zwar gemeckert, gejammert und geheult, wollte aber sein Verstehen und nicht meines. Es geht wohl nur im Handeln, stimmt?«
K. »Ja, nur mit Handeln, doch die Voraussetzung ist, dass du erkennst, was du willst, den Kontakt mit dir behältst und dich nicht mehr verlässt. Du kannst alles machen, jammern schreien, toben, aber tue es für dich, für dein Verstehen, damit du dich hörst und erhörst. Vergiss nicht mehr, dass du für dich hier bist.«
E. »Ist das schwer! Immer wieder ich, alles muss ich allein machen. Es gibt wirklich keine Erholung. Es gibt niemanden, dem ich die Schuld geben kann. Aber genau das ist es, ich muss mich ernst nehmen und handeln. Und wie das geht, hast du mir ja auch schon gezeigt, als ich das letzte Mal nach Witten gefahren bin. Weißt du noch, als ich dir sagte: Das habe ich ironisch gemeint! und du einfach »Ja« sagtest?«
K. »Du bist ein freier Mensch und du darfst ironisch meinen, was du sagst. Nur, fühle dich dabei. Dann kannst du alles daraus lernen, was es für dich bereithält.«
E. »Krebs ist eine Krankheit, bei der sich der Körper selbst auffrisst, er arbeitet scheinbar gegen mich. Ist er nur ein Spiegel für mein »gegen mich sein?« Und ich bin gegen mich, wenn ich zwar um mich schreie, meine Schreie aber nicht selbst erhöre. Oh, Klara, das hatten wir doch schon einmal beim Thema Lebenslügen, dass sie immer von mir wegführen, dahin, wo der Andere mich manipulieren oder ich mich manipulieren lassen möchte. Das ist ein ganz schmaler Grat: Bei mir bleiben, wenn der Andere so wichtig ist geht nicht, und lieben, wenn ich mich selbst nicht liebe, geht auch nicht. Was ich nicht habe, kann ich nicht geben. Gesund werden, wenn ich es gegen den Krebs tue, geht nicht. Wenn ich ihn nicht als Freund annehmen kann, bin ich gegen mich, denn er ist ja ein Teil von mir. Immer wenn es ein Zaudern, ein Hadern, ein Nicht-eins-Sein mit mir gibt, arbeite ich gegen mich.

Es scheint nur zwei Dinge zu geben: die Liebe und die Angst. Mit Angst ist das besetzt, worauf ich keinen Einfluss habe.
»Werde ich geliebt?«, und alle anderen Fragen, die ich aus dem Grund stelle, dass mich ein anderer würdigen soll, zeigen mir, dass ich gerade nicht bei mir bin. Die Frage muss doch wohl immer die sein: Liebe ich mich? Ich muss den Mut haben, mich zu fordern, mich zu lieben, auch wenn die ganze Welt anders orientiert ist. Immer muss ich meinen Weg gehen, mich nicht mehr verführen lassen, mich zu verlassen!«
K. »Ja, eins werden mit dir, im Kontakt mit dir und in Anerkennung aller Gefühle und Emotionen. Dich in den Arm nehmen, auch wenn du gefehlt hast, denn wenn du es merkst, bist du doch wieder da. Wie schon gesagt, ist es deine »hammermäßige« Aufgabe zu lernen, dass du Liebe bist.
Wenn du das weißt, fehlt dir nichts mehr. Dann spürst du, dass du geliebt wirst. Dann bist du gesund, einfach, weil du dir traust, deiner Göttlichkeit und Schöpferkraft.«

2. November 1999

E. »Von dem zuletzt Besprochenen habe ich wenig wirklich begriffen. Das ist noch sehr theoretisch für mich, weshalb ich diese Gedanken über die Heilung noch nicht in die Tat umsetzen kann. Mir ist allerdings klar, dass es möglich ist, deshalb möchte ich mich mehr mit Fragen zu diesem Thema beschäftigen. Die Antwort muss im Leben selbst liegen.
Ich habe gesehen und erkannt, dass die Panik, die ich annehme, sich auflöst und im Auflösen selbst mir die schönsten Bilder geben kann. Ich war beruhigt und behütet.
Meinen Liebeskummer will ich auch nicht haben, den würde ich am liebsten hinauswerfen.
Was passiert wirklich in mir, wenn ich etwas nicht haben will?
Die Panik wollte ich ja auch nicht und es war fürchterlich, welche Steigerung ich damit bewirkt habe. Ich bestand in dieser Nacht ja fast nur noch aus Panik.«
K. »Was ist, wenn die so genannten »negativen Gefühle« alle nur Schatten sind? Mit der Bereitschaft deine Gefühle anzunehmen, entfachst du gleichzeitig ein Licht, das sofort die Schatten auflöst. Dabei ist wichtig, dass du dir anschaust, was da ist, denn nur dann kannst du es wirklich annehmen.«
E. »Die Idee ist umwerfend!
Gut Klara, dann will ich jetzt meinen Liebeskummer sehen, fühlen und beleuchten.
Ich kann es noch gar nicht glauben, dass auch Liebeskummer für mich sein soll.«
K. »Dann leg mal los!«
E. »Ich fühle mich abgelehnt, verlassen, traurig, einsam, ausgebeutet, bin hin und her gerissen zwischen Entsetzen und dem Wunsch diese Partnerschaft wieder herzustellen. Es tut weh und ich kann davor nicht fliehen, ich nehme es überall mit hin. Klara, das funktioniert nicht, ich fühle jetzt gar nichts!«

K. »Wie raffiniert!«
E. »Was meinst du?«
K. »Beschreibe mal dein ich fühle jetzt gar nichts!«
E. »Ich sitze hier und fühle keinen Schmerz!«
K. »Was denkst du?«
E. »Ich schaue mir aus dem Fenster die Hirsche an, wie sie im Laub etwas zu fressen suchen, es ist ein schöner Anblick. Und ich denke, wie schön wäre es, hier eine eigene Wohnung zu haben, mit diesem wunderschönen Ausblick. Ich wünsche mir einen lieben Mann an meiner Seite, mit dem ich diesen Ausblick genießen kann. Im Moment ist der Mann, mit dem ich mir das vorstellen will, aber auf anderen Wegen und ich fühle, er hat nie mich, sondern immer nur sich gemeint.

In mir ist Leere, ein Loch und ich suche, wonach ich mich sehne. Es fühlt sich machtlos an, ich bin wie eine leere, antriebslose Batterie, lustlos, ich packe noch nichts zielgerichtet an, weiß nicht, wo ich hingehöre und bin traurig.«

K. »Kannst du diese Gefühle annehmen, dürfen sie jetzt sein?«
E. »Ich habe eine Schreibpause gemacht.

Carl erzählt immer von einer Frau, mit der er ausreitet und Kutschfahrten macht. Ich hatte gerade die schmerzvolle Idee, dass die beiden sich ineinander verlieben. Das war hart! Ich konnte meinen Schmerz annehmen und er durfte sein. Das war ein großes Stück Arbeit. Mit der Annahme wurde der Schmerz leichter, hatte keine Macht mehr über mich. Das werde ich jetzt immer machen, wenn sich der Schmerz wieder meldet. Ich fühle mich jetzt energiegeladen und werde erst einmal meine Dinge hier regeln.«

5. November 1999

E. »Gestern bin ich wieder hier in Dülmen gelandet. Ich hatte einen schönen Abend mit Carl. Wir haben uns gut unterhalten und ich freue mich so sehr darüber, dass ich guten Kontakt mit mir behalten habe.«
K. »Herzlichen Glückwunsch!«
E. »Danke! Heute Morgen habe ich wieder Angst gehabt. Meine Brust verändert sich, die Knoten wachsen zurzeit spürbar und ich fühle mich heute, nein jetzt, dem Geschehen hilflos ausgeliefert. Ich wünsche mir Sicherheit, die ich gerade nicht spüren kann.«
K. »Was bedeutet für dich Sicherheit?«
E. »Ich weiß, dass die Krankheit für mich da ist, dass ich eine große Chance habe, mich zu klären, mein Leben in meine Bahn zu lenken. Ich habe immer noch die Vorstellung, dass ich erst auf dem richtigen Weg bin, wenn sich auch die Symptome einstellen. Sie stellen sich aber nicht ein. Bin ich auf dem richtigen Weg? Aber deine Frage war genau anders herum:
Sicherheit bedeutet für mich:
Keine Zweifel zu haben, dass das, was ich mache, richtig ist,
dass ich Vertauen habe,
dass ich selbstständig leben kann, in einer Wohnung, die mir gehört, in der ich mich wohl fühle,
dass ich weiß, wo ich hingehöre,
dass ich meine Gottverbindung spüre,
dass ich ein Einkommen habe, mit dem ich sorgenfrei leben kann,
dass ich gesund bin!«
K. »Was heißt es für dich, wenn du sagst, dass du deine Gottverbindung spüren willst?«
E. »Das heißt für mich Sicherheit, mit Liebe gefüllt sein, gar nichts falsch machen zu können, immer genau am richtigen Platz zu sein, offen zu sein für meine Intuition und frei von Manipulation.«

K. »Bist du jetzt nicht offen für deine Intuition?«
E. »Da ist so viel durch einander, dass ich nicht klar denken kann. Ich brauche jetzt das Gespräch mit dir, weil du so klar bist.«
K. »Du bist traurig, dränge es jetzt nicht weg! Deine Traurigkeit willst du doch klären, das geht doch nur, wenn sie auch sein darf. Gott hat dich nicht verlassen, du spürst ihn doch jetzt.«

Liebe Klara!

Wieder einmal hat sich für mich eine ganz neue Welt erschlossen. Erst jetzt habe ich die Grundvoraussetzung für mein Leben entdeckt. Ich bin froh über jede gemachte Erfahrung, einschließlich der, dass ich fast aufgegeben hätte. Ohne die Kapitulation hätte ich immer noch an meiner alten Strategie festgehalten, die allerdings ihr Fundament in der Anpassung hatte.
Ich fühle mich gereinigt, verstanden und angenommen. Bei der Vorstellung, die ich am Anfang von dir hatte, muss ich heute lächeln. Nicht, dass meine Vorstellung nicht stimmte, doch war sie sehr begrenzt, genau wie ich. Von einem großen Puzzlespiel hatte ich ein kleines Teil und bildete mir ein, dich und auch mich zu kennen. Wie habe ich mich getäuscht!
Ich entwickelte eine Liebe zu dir, aus der Vertrautheit unseres Gespräches. Es fühlt sich so gut an, wenn ich erzählen kann, was ich fühle und sicher sein kann, urteilsfrei gehört zu werden. Das ist die pure Heilung. So nach und nach verblasstest du als eigene Persönlichkeit und ich fühlte immer mehr das Einssein mit dir. »Ich liebe dich« heißt also, ich liebe mich und es fühlt sich gut an.
Nun weiß ich, wie es geht, für sich selbst ein guter Freund zu sein. Jetzt habe ich das Bedürfnis, mir mein Leben ganz anzuschauen und werde dies tun, so wie wir es bis hierher miteinander getan haben.

6. November 1999

E. »Das war ein guter Rat von dir, meine Traurigkeit nicht wegzudrängen. Ich habe mich mittags hingelegt und fast zwei Stunden geschlafen. Meine Traurigkeit habe ich früher immer mit Aktivitäten lahm gelegt. Es ist gut, dass ich dafür im Moment keine Gelegenheit habe. Ich bin jetzt wieder klar für den Augenblick und das tut mir sehr gut.«
K. »Schön, was ist jetzt dran für dich?«
E. »Lass uns weiterschauen, wie ich immer von mir abgelenkt habe. Dafür nutze ich meine Erinnerungskiste und erzähle dir von meiner Ehe mit Klaus.
Wir heirateten, als wir beide 19 Jahre alt waren. Ich war schwanger mit Michael. Da ich sehr schlank war, brauchte ich lange keine Umstandskleidung zu tragen. Klaus sprach mich darauf an, nachdem er mit seiner Schwester über mich geredet hatte. Ich solle mir jetzt unbedingt Umstandskleidung anziehen, damit unser Kind nicht zum Krüppel wird. Ich verstand ihn nicht. Was sollte ich? Meine Kleidung war bequem, was wollte er von mir? Seine Antwort war unglaublich: »Wer weiß, was da für ein Krüppel drin sitzt!«
Der Stachel saß! Was bis dahin das Normalste der Welt für mich war, belegte ich jetzt auch mit ängstlichen Gedanken. Wenn wirklich etwas schief ging, stand der Schuldige ja nun schon fest.
Wir heirateten trotzdem im Januar 1975. Michael wurde am 5. Mai 1975 geboren, war gesund und unheimlich süß. Ich war die stolzeste Mutter der Welt.
Wir wohnten bei meinen Eltern, da Klaus noch in der Ausbildung war und nur 100 Mark verdiente. In unserem Sechs-Mädel-Haushalt war immer etwas los und alle hatten Spaß an Michael, der sich prachtvoll entwickelte. Ein Jahr später bekamen wir unseren zweiten Sohn. Heinz war im Gegensatz zu Michael ein ganz ruhiges Baby.

Wir zogen ins Sauerland nach Eversberg, weil Klaus nach seiner Lehre dort eine Anstellung bei einem Zahnarzt bekam. Dort begann für mich eine schwere, einsame Zeit. Das Dorf war malerisch schön und unsere Wohnung mit großer Dachterrasse lag direkt am Waldrand. Ich freute mich natürlich immer auf den Feierabend und dass Klaus zu uns nach Hause kam. Ganz schnell war klar, dass unsere Gefühle füreinander differierten. Ich liebte ihn und er fand mich sympathisch.

Den Tag verbrachte ich mit meinen Kindern in einem Dorf, in dem jeder seinen eigenen Garten hatte, kaum einer mal spazieren ging und man stundenlang laufen konnte, ohne eine Menschenseele zu treffen. Abends hoffte ich immer auf Gespräche, Nähe und Vertrautheit, die sich leider immer seltener ergab.

In meiner Verzweiflung ging ich nun aktiv auf Kontaktsuche, schellte bei den Menschen, von denen ich wusste, dass auch sie kleine Kinder hatten. Ich erreichte damit allerdings nichts, denn ich war die Einzige im Dorf, die Kontakt suchte.

Klaus Krankheit begann mit einem Kribbeln im Zeigefinger der rechten Hand.

Er wechselte seine Stellung und bekam eine besser bezahlte Arbeit in Neheim. In dieser Zeit wohnte ich mit meinen beiden Kindern für drei Monate bei meinen Schwiegereltern, die meine Kinder betreuten, während ich in Essen die Ausbildung zur medizinischen Fußpflegerin machte.

In unseren abendlichen Telefonaten erzählte Klaus immer wieder von einer Arbeitskollegin, mit der er ganz viel Spaß hatte.

Ich war wütend, als er mir erzählte, dass er sie für Samstagabend eingeladen hatte. Was war ich für ihn, dass er mir so frei von seinem Flirt erzählen konnte? Ich kam mir missachtet vor und wollte diese Anrufe mit Klaus nicht mehr erleben.

Schon bald hatte Klaus große Schwierigkeiten mit seiner Tätigkeit als Zahntechniker und ließ sich untersuchen, da die Gefühllosigkeit immer größer wurde. Der Jahresvertrag bei seinem neuen Arbeitgeber lief aus, als Klaus in der Klinik war und wurde auch nicht verlängert.

Arbeitslosengeld gab es nicht und Krankengeld auch nicht, da wir falsch versichert waren. Ich ging mit meinen Kindern zum Sozialamt und sorgte so für unser Leben.

Klaus Diagnose war: Irgendetwas ist im Rückenmark, doch bitte, schlafende Löwen soll man nicht wecken, hielten sich die Ärzte sehr bedeckt.

Unsere Wohnung wurde uns gekündigt, gerade als ich die ersten zarten Kontakte geknüpft hatte, da der Vermieter Eigenbedarf anmeldete. Wir zogen nach Erkerath, weil Klaus bei der Firma De-Trey eine Anstellung als Außendienstmitarbeiter bekam. Erkerath und Umgebung sollte sein Bezirk werden. Er überstand die Probezeit nicht, da seine Vorführungen linkisch aussahen und es für Klaus immer schwieriger wurde, diese Feinarbeit zu leisten. Wir kündigten die Wohnung, die nun zu teuer für uns war. Ich fand eine sehr schöne Wohnung in der gleichen Straße. Es entstand eine Überbrückungszeit von drei Monaten. Unsere Möbel stellten wir in die Garage und zogen für die drei Monate auf einen nahe gelegenen Campingplatz.

Wir hatten das Leben wieder »im Griff«. Jede Schwierigkeit betrachtete ich als eine Herausforderung, die es zu nehmen galt.

Klaus hatte Probleme mit Geld. Er gab immer mehr aus als da war, was mich immer sparsamer werden ließ.

Als wir dann in unserer neuen Wohnung wohnten, waren unsere Kinder drei und vier Jahre alt, gingen in den Kindergarten und ich konnte arbeiten gehen.

Bis dahin waren meine Hauptthemen, fehlende Liebe, kaum Geld und Einsamkeit.

Ich stürzte mich in meine Arbeit, kam in einen Haushalt mit drei schwierigen Kindern, die den schmerzhaften Verlust ihrer Mutter zu verarbeiten hatten. Ich brachte Wärme in dieses Haus, in dem das Lachen schon lange nicht mehr angesagt war. Die Kinder blühten auf, meine Arbeitszeit verlängerte sich und ich konnte meine beiden Söhne mittags aus dem Kindergarten abholen und mit zur Arbeit nehmen.

Alle drei Männer, der Opa über 80 Jahre, der Vater mit 45 Jahren, sowie der Sohn mit 14 Jahren machten mir kräftig den Hof. Die beiden Mädchen waren voller Vertrauen, Heinz und Michael fühlten sich wohl dort. Alles in allem ein Traumjob, der mir gefiel und gut tat. Ich war stolz auf meine Leistung, auf mein selbst verdientes Geld und brachte es gern in unseren Haushalt ein. Mir gönnte ich immer noch nichts, denn ich wollte ja schließlich Klaus Anerkennung, die ich auch bekam, da er sich über das Geld sehr freute.

Gleichzeitig passierte mit mir auch eine Veränderung. Ich wurde mir immer klarer darüber, dass unsere Beziehung nicht stimmte.

Bis wir eines Tages einen Sketch von Loriot anschauten, in dem sich ein Ehepaar streitet. Die Frau mäkelte an allem herum und Klaus sagte mir: »Das bist du!«

Wir hatten einen heftigen Streit, aus dem ich wie immer als Verlierer hervorging. Klaus zeigte keine Emotionen, während ich offen um seine Liebe buhlte.

Damit war ich verletzbar und das wollte ich nicht mehr sein. Daraufhin sorgte ich dafür, dass mich dieser Mann nie wieder verletzen konnte.

Ich kam nicht vor in seinen Gedanken und er brachte es fertig, einen Streit damit zu beenden, indem er mir von schönen Blumen oder seinen Hobbys erzählte.

Klara, das machte mich rasend. Ihm reichte es, sich mit seinen Hobbys zu beschäftigen, was braucht man da noch eine meckernde Frau, es gibt doch Schöneres. Auseinandersetzungen liefen meist so ab, dass ich sagte, was für mich nicht stimmte und Klaus die Zeit absaß, um sich mit einem Scherz daraus zu retten. Nie war Klaus unfreundlich, aber er war auch nicht für mich da. Im verflixten siebten Jahr wollte ich die Trennung. Klaus hatte eine

Anstellung in Düsseldorf und nahm sich dort auch ein Zimmer. Dann wurde Heinz angefahren und lag sechs Wochen im Krankenhaus. Die gemeinsamen Stunden am Bett unseres tapferen Sohnes brachten uns wieder zusammen. Ich nahm inzwischen auch andere Arbeiten an, die mir von der Caritas vermittelt wurden. Unter anderem pflegte ich einen alten Herrn, der mir später sein Haus verkaufte. Am liebsten hätte er mir das Haus geschenkt, doch das wollte ich nicht. Ich ließ das Haus schätzen und wir kauften es. Die Kinder des alten Mannes machten großes Theater, doch ließ sich der Vater nicht beirren, er wusste genau, was er wollte. Ich sollte in seinem Hause wohnen, das war sein Wunsch und auch meiner.
Die Geschichte ist zwar hochinteressant, doch bringt sie mir jetzt nichts, weshalb ich sie an dieser Stelle nicht erzählen will.
Sieben Jahre haben wir in der Mietwohnung gelebt und genossen eine tolle Freundschaft mit dem Ehepaar Roth und ihren beiden Kindern. Wir waren zusammengewachsen wie eine Großfamilie, in der jeder für jeden da war. Ich bin dankbar für diese Zeit, sie war wunderschön.
Im Mai 1985 zogen wir in unser Haus, das wir gründlich renoviert hatten. An einen behindertengerechten Bau haben wir allerdings nicht gedacht.
Im Januar 1986 wurde Klaus operiert. Sein Gesundheitszustand hatte sich so sehr verschlechtert, dass nun eine Operation unumgänglich wurde, da mittlerweile auch die Atmungsorgane betroffen waren. Nach der Operation kam Klaus in eine Rehabilitationsklinik. Hier ging es ihm mit jedem Tag schlechter. Ich telefonierte mit dem Arzt, der meinen Mann auch operiert hatte. Dieser riet mir – aufgrund der von mir geschilderten Symptome – dringend, sofort mit Klaus seine Klinik aufzusuchen. Ich musste meinen Mann regelrecht aus der Rehabilitationsklinik entführen, da die Ärzte dort ihn nicht gehen lassen wollten. Meine Not war so groß, dass ich nur noch einen Gedanken hatte: Nichts

wie weg hier! Ich wollte nach Freiburg und endlich bei einem Arzt sein, der sich in der Mikrochirurgie auskennt und der um den kritischen Zustand auch Bescheid wusste. Die Fahrt nach Freiburg war eine Tortur für uns beide. Im März war dann die zweite Operation, bei der vom ersten bis fünften Halswirbel weitere Tumore sowie die sich gebildeten Zysten entfernt wurden.
Danach war Klaus vom Hals an inkomplett querschnittgelähmt. Als er wieder zu Hause war, setzte für mich eine Zeit der Intensivpflege ein. Alle zwei Stunden umlagern und das rund um die Uhr. Michael und Heinz waren entsetzt, ihren Vater so zu sehen. »Der kann ja gar nichts mehr!« Keiner glaubte an seine Genesung, nur ich. Ich glaubte sie nicht nur, ich wusste, dass es besser werden würde. Ich hatte Mut und Kraft. Wir waren zusammen, hatten uns doch, was also sollte schief gehen? Klaus schlief im Pflegebett und ich auf einer Klappliege daneben.
Meine Arbeit hatte ich aufgegeben. Die Kinder, mein Mann und der Haushalt waren genug. Ich nahm wahr, dass Klaus jetzt meine Anwesenheit genoss. Unsere Gespräche wurden vertrauter, wir empfanden Vertrauen füreinander. Das war Balsam für meine Seele und ich nahm mir vor, es meinem Mann so leicht wie möglich zu machen. Er war geduldig und ich wollte es auch sein.
Seine Bitte um Sterbehilfe in so einem Falle, die vor der Operation Thema war, war nun kein Thema mehr. Das Leben war auch so lebenswert und dafür tat ich alles, was in meinen Kräften lag. Dann folgte für Klaus eine siebenmonatige Rehabilitations-Maßnahme in Heidelberg.
In dieser Zeit suchte und fand ich eine Stelle als Erzieherin im Kindergarten. Unsere finanzielle Lage schrie nach einer Vitaminspritze. Ich arbeitete halbtags. Als mein Mann dann wieder zu Hause war, begann der Umbau des frisch renovierten Hauses in ein behindertengerechtes Haus. Das meiste geschah in Eigenregie. Klaus saß im Rollstuhl und erklärte, wie ich mit Bohrmaschine und anderen Gerätschaften verfahren sollte. Ich war sehr

geschickt und hatte auch Spaß mit dieser gestalterischen Arbeit, wenn nur nicht so viel Arbeit drum herum gewartet hätte. Ich war in dieser Zeit fix und fertig, machte es mir zur Auflage, spätestens um 23 Uhr das Handwerkszeug fallen zu lassen und hielt mich strikt daran, auch kurz vor der Fertigstellung. Ich ließ das Werkzeug einfach in die Kiste gleiten. In dieser Zeit funktionierte ich wie ein Uhrwerk, mehr ging nicht.

Die Arbeit im Kindergarten war Erholung für mich und als ich einen Vollzeitjob bekam, war ich glücklich, denn unsere Finanzen waren immer knapp.

Meinen Kindern wurde ich in dieser Zeit nicht gerecht. In den Ferien waren sie dann auch öfter in Gladbach, bei meinen oder Klaus Eltern, die gerne halfen. Überhaupt waren unsere Eltern sehr hilfsbereit in dieser Zeit. Immer zur Stelle, wenn wir ihre Hilfe brauchten und ich war sehr dankbar dafür.

Die stetige Verbesserung von Klaus Zustand, der erfolgreich abgeschlossene behindertengerechte Ausbau und die Gewöhnung an die neue Situation machten uns das Leben mit der Behinderung immer leichter. Es war unser normales Leben, unser Alltag.

Die monatlichen Besuche bei Stefan, unserem Heiler, von dem ich dir schon erzählte, taten mir gut. Wir hatten oft gute Gespräche, die mich weiter brachten.

Als alles wieder in ruhigeren Bahnen lief, besuchte ich die Abendschule, machte meine mittlere Reife und mein Abitur nach und träumte vom Studium.

In dieser Zeit machte sich Klaus als Zahntechniker selbstständig und arbeitete im eigenen Haus. Das war eine schwere Zeit, da er sich total überschätzt hatte. Die Anforderungen waren einfach zu groß und ich traute mich schon nicht mehr etwas zu sagen, da ich Klaus sonst mit jedem Wort verletzt hätte.

In dieser Zeit, Klara, lernte ich das Beten.

7. November 1999

Wann immer mir die Sorgen über den Kopf wuchsen war mein Gebet: Lieber Gott, ich lege es in deine Hände, denn ich kann nicht mehr. Im Äußeren tat ich, was getan werden musste, und in meinem Inneren wuchs die Zwiesprache mit Gott.
Bis ich eines Tages spürte, ich brauche mich um Geld nie mehr zu sorgen. In mir wuchs Ruhe und Gelassenheit. Es konnte noch so turbulent zugehen, mich konnte das nicht mehr erschüttern. Ich wusste um die geniale Lösung, ohne eine sich abzeichnende Veränderung im Außen.
Klaus sah von selbst ein, dass es so nicht mehr ging und schloss sein Labor.
Er beantragte seine Rente, die er dann auch bekam.
Mit 20 000 Mark Mehrverschuldung sind wir aus dieser Sache herausgekommen.
Also, es kehrte Ruhe ein und dann zeigte sich auch unser altes Thema wieder.
Nie konnte Klaus mir seine Liebe geben. Nach wie vor war ich eine Freundin für ihn, die Mutter seiner Kinder, die Frau, die für alles zuständig ist.
Meine Sehnsucht, mich als Frau zu fühlen, wurde übermächtig. Ich habe dir schon von Els erzählt, der Frau, die im Kontakt mit ihrer inneren Stimme steht. Mit ihr konnte ich meine Sehnsucht, mich als Frau zu fühlen, besprechen und meine Blockaden auflösen. Das war ein Prozess, der drei Jahre dauerte und ich lernte mich selbst zu verwöhnen, zu fühlen und meinen Körper zu lieben.
Klaus verliebte sich in eine andere Frau. Er erzählte mir von ihr und ich erkannte zum letzten Mal schmerzlich, dass ich seine Liebe nicht haben konnte. »Bist du wirklich so verliebt«, fragte ich ihn und er antwortete mir: »Nein, ich bin nicht verliebt, ich liebe diese Frau.«

Was ich bis dahin noch schön fand, waren die Gespräche, die wir miteinander hatten. In unserer schweren Zeit ist da etwas gewachsen, das mir viel bedeutete. Dafür war jetzt eine Freundin da. Ich sah keinen Sinn mehr, diese Beziehung so fortzuführen und wir trennten uns im eigenen Haus.
Mit meiner Diagnose wusste ich dann sehr deutlich, dass ich ab sofort meinen Weg gehen musste. Doch auch hier hatte ich große Bedenken meinen Mann zu verlassen.
In einer Zeitung las ich einen Artikel über »Krebs erklärt aus jenseitiger Sicht«, der mir endgültig die Augen öffnete.
Ich bekam die Anstellung bei Frau O. und war nur noch selten zu Hause.
Im Januar 1998 verliebte ich mich und zögerte keine Sekunde, das zu leben, was ich fühlte. Ich glaubte, die Liebe meines Lebens gefunden zu haben und war glücklich.
Jetzt sitze ich hier und frage mich, wie mir das passieren konnte. Zwei Mal der gleiche Typ, die gleiche Frequenz und die gleichen Verletzungen. Ich bin so traurig.
Endlich finden meine vielen ungeweinten Tränen ein Ventil, entladen sich und befreien mich von meinem Druck, der zentnerschwer auf mir lastet.
Nie fühlte ich mich gut genug!
Immer forderte ich mich mit mehr Leistung.
Immer wollte ich bei anderen den Schmerz vermeiden. Ich wusste nur zu gut, wie sich Schmerz anfühlt.
Ich habe so große Sehnsucht danach, geliebt zu werden, so wie ich bin, ganz gleich ob ich lache, weine oder wütend bin. Geliebt werden um meinetwillen, weil ich bin wie ich bin.
Das, liebe Klara, war ein kurzer Querschnitt aus meiner Ehe mit Klaus. Ich habe gelernt, dass Liebe ein Geschenk des Lebens ist, welches ich mir nicht beim Anderen erarbeiten kann.
Michael und Heinz sind zwei liebenswerte junge Männer geworden. Beide sind mir sehr ans Herz gewachsen. Sie leben ihr Leben,

haben ihre eigenen Herausforderungen zu meistern und mir tun die Augenblicke gut, in denen wir ehrlichen Austausch miteinander haben.

Für mich spüre ich, dass ich viel Zeit brauchen werde, um mich zu entdecken. Ich bin jetzt alleinstehend und habe mich entschlossen, nicht mehr nach Erkerath zu ziehen.

Immer wenn ich meine Söhne vermisse, schicke ich ihnen gute Gedanken mit dem Wunsch, dass sie ihrem Gefühl trauen und sich nicht beirren lassen, ihren Weg zu gehen.

Nie haben sie mir Vorwürfe gemacht. Sie haben meinen Weg, auch als er von ihnen wegführte, akzeptiert und gut geheißen. Ich bin ihnen dankbar für ihr Vertrauen und ihre Liebe.

8. November 1999

Ich musste immer wieder weinen. Wie habe ich mich doch über eine lange Zeit davon abhängig gemacht, dass mich ein Anderer liebt. Alles habe ich dafür getan, ohne zu erkennen, dass ohne Selbstliebe nichts geht, außer sich krankheitsbringend leer zu geben. Immer habe ich mich in Frage gestellt, es musste ja an mir liegen. Das war wirklich eine lange, einsame Zeit.
Ich bin sprachlos über mich, über diese Ehe, ich fühle mich dumpf, spüre dich nicht, spüre mich wie in Watte gepackt, dunkel, verwirrt, ich bin sprachlos, gefühllos und deprimiert. Ich starre vor mich hin, kann nichts mehr sagen, ich bin sprachlos, uninteressiert an allem, traurig, lahm und schlapp. Ich bin sprachlos, wie konnte ich mich nur so lange ausnutzen lassen, so lange ohne Liebe, so lange ohne wirkliche Anteilnahme, so lange in dieser Einsamkeit. Ich bin traurig über mich. Warum?
Ich kann nur noch weinen! Seit ich angefangen habe, dir über meine Ehe zu erzählen, befinde ich mich wie in Trance. Ich fühle gedämpfte Traurigkeit, finde keine Worte, finde und fühle dich nicht und mich nicht.
Ich bin aus dieser Ehe ausgebrochen, ich führe diese Ehe nicht mehr und fühle mich jetzt wieder mittendrin. Wie viele Kränkungen habe ich geschluckt, wie viel Trauer vergraben.
Ich bin schlapp, lahm und sprachlos. Ich fühle, wenn dieser Knoten platzt, ist Leben erst möglich. Welchen Müll schleppe ich die ganze Zeit mit mir, ich bin sprachlos, einsam, traurig, total genervt, krank, unfähig mich zu bewegen. Ich fühle so viel Ungelebtes, habe meine Jugend verschenkt, habe mein Leben bestimmen lassen.
So gut gemeint, so konsequent durchgehalten, »Bis dass der Tod euch scheidet«. Fast hätte ich diesen Schwur gehalten. Ich habe mir noch Vorwürfe gemacht, weil ich gegangen bin.
Alles, was mich verletzte, war nur als Scherz gemeint:

Profil wie eine Hexe;
Brust zu klein;
der Hintern zu dick;
Schmuck ist nur was für Frauen, die sich sonst nicht leiden können. Schminke ebenfalls. Aber die Frauen im Playboy, die waren toll, auch mit Schminke und Schmuck.
Ich bin unglaublich verletzt. Jedes Mal, wenn er sich verliebt hat, hat er mir das erzählt. Jedes Mal glaubte ich, dass Klaus den Wunsch hatte, mich zu verlassen, was mir Angst machte. Was ist nur los mit mir, ich fasse es nicht.
Ich habe Krebs, Klaus macht den 2. Reiki-Grad und fragt sich, wem er Fernreiki schicken soll. Weil ihm keiner einfällt, schickt er Reiki an die Frau, die ihn einweiht. Wo war ich nur? – In seinen Gedanken kam ich jedenfalls nicht vor.
Er besucht mich im Krankenhaus, ich habe einen schlechten Tag, weine, und er sagt mir: »Hättest du dir das nicht für morgen aufsparen können, wenn deine Mutter da ist?«
Hey – wo bin ich in diesem Spiel? Wo bin ich?
Es ist unglaublich, ich kam nie vor, was habe ich gelitten, dieses Leid vergraben, nichts gefühlt und doch ist es da, ist es heute noch präsent. Es ist nicht weg, ich fühle mich jetzt genau so hilflos wie über lange Strecken in meiner Ehe.
Jede Sympathiebekundung habe ich aufgesogen, habe mir vieles schöngedacht, ihm alles von den Lippen abgelesen.
Für sein Lächeln tat ich alles, denn ich war seine Frau. »Bis dass der Tod euch scheidet«, ich bin fast gestorben. Die Sprachlosigkeit macht mir Angst, Klara, warum spüre ich dich jetzt nicht?
Liebe deinen Nächsten wie dich selbst.
Ich habe meinen Nächsten geliebt, immer und immer wieder, habe alles geschluckt, was diese Liebe gefährden konnte und immer mehr gegeben. Dass der Spruch falsch ist, weiß ich jetzt, er muss heißen: »Liebe dich, damit du auch deinen Nächsten lieben kannst«.

Bis auf die letzten zwei Jahre habe ich in meiner Ehe immer gern gedient. Dann fühlte ich mich ausgenutzt, benutzt und konnte es nicht mehr.

Ich suchte Nähe und habe immer nur Rückzieher wahrgenommen. Je mehr ich mich näherte, desto mehr entfernte sich Klaus, der Abstand blieb immer der gleiche.

Ich habe mich abgetötet, damit ich funktioniere, habe mich verleugnet, im Namen der Liebe.

Welcher Schrott, welch unglaubliche Lebenslüge!

Komm raus, Gefühl der Einsamkeit, dass du da bist, fühle ich, komm trau dich, ich will dich sehen!

Schluss mit Schöndenken,

Schluss mit der Buhlerei um Liebe,

Schluss mit Scherzen, denn die gibt es nicht.

Was habe ich unter diesen Scherzen gelitten, die mir immer zeigten, dass ich nicht gut genug war und die mir keine Gelegenheit ließen für eine Aussprache, weil es ja nur ein Scherz war.

Ich fühle absolute Leere, will dadurch und fluche, weil diese Leere sich noch Zeit lässt. Komm hoch, ich will dich sehen, du hast keine Chance mehr, dich zu verstecken. Für all diese Gefühle habe ich in der ganzen Zeit keinen Namen gehabt. Ich habe mich tatsächlich für empfindlich gehalten, weil ich wegen Kleinigkeiten trauern konnte. Nie habe ich begriffen, was dahinter steckt. Nie habe ich mich trösten können. Weit weg von zu Hause war meine Familie alles, was ich hatte. Ich musste für das Glück sorgen, wer sonst? Und wenn das nicht klappte, war das mein Versagen, denn Klaus konnte ja nicht, er saß ja im Rollstuhl.

23 Jahre Ehe, die nicht verdaut sind. Und ich habe mich gewundert, wie leer ich beim Schreiben wurde, konnte meine Gefühlsstimmung nicht fassen.

Bevor ich zu Carl zog, war mir klar, dass ich das noch verarbeiten musste. Mir war allerdings nicht klar, wie groß und deutlich die Verletzungen jetzt noch sind.

Im ersten Jahr in Eversberg hatte ich an meinem Geburtstag alles schön bereitet für einen Abend mit Klaus. Doch er zog es vor, abends zum Sport zu gehen. Warum auch nicht, meinte Klaus, das wird wohl nicht das letzte Mal sein, dass dir so etwas passiert. Ich war sprachlos.

In Erkerath besuchte uns immer wieder ein Mann, der Klaus die tollsten Musikanlagen anbot. Ein ekelhafter Typ, der mich nervte, den Kindern Ruhe befahl, damit sie stundenlang Musik hören konnten. Ein beleidigender, arroganter Mensch, der Klaus begeisterte und uns das Leben schwer machte.

Als Klaus dann für sechs Wochen zur Kur fuhr, genossen die Kinder und ich die Ruhe, da uns dieser Mann nicht beehrte.

Wir waren geschockt, als dieser Mann an dem Tag, als Klaus aus der Kur nach Hause kam, wieder in der Tür stand. Ich ließ ihm kaum Gelegenheit sich zu setzen, sagte ihm, dass er sofort wieder gehen solle, sonst würde ich nachhelfen. Und wenn das meinem Mann nicht passen würde, solle er nur mitgehen, denn ich wollte diesen Mann nicht mehr sehen.

Der Mann verschwand tatsächlich, und zwar so schnell, wie ich mir das in meinen kühnsten Träumen nie vorgestellt habe. Und Klaus war auch nicht traurig darum, er fand das in Ordnung. Wie lange habe ich die Besuche gehasst, dieser Mann, der rumschrie, der die Musik laut stellte, dass eine Unterhaltung nicht mehr möglich war, der kundtat, dass er seine Tochter in die Kunst der Liebe einweihen wollte, bevor da irgendeiner rankommen sollte, der weniger Rechte hätte, billig, versaut, arrogant und überheblich. Wir, die Kinder und ich, waren in seinen Augen unmöglich und Klaus hing an seinen Lippen. Erstaunlich war, dass ich machen konnte, was ich wollte, Klaus hat nie was dagegen gesagt. Ich schmiss den Mann raus, das war in Ordnung. Ich stornierte Möbeleinkäufe, weil wir sie nicht bezahlen konnten, das war in Ordnung. Ich erinnere mich an keinen Streit, wo ich etwas gemacht hätte, was nicht in Ordnung gewesen wäre.

Es gab von Klaus Seite keine Reibung.
Einmal beklagte ich mich, weil Klaus sich kaufte, was er sich wünschte, obwohl wir immer knapp bei Kasse waren. Das kannst du doch auch machen, hat er mir gesagt und wenn du es nicht tust, dann doch nur, weil du es nicht willst.
Immer ohne Emotion, immer klar im Kopf, nicht zu packen und nicht zu bewegen, seine Dinge auch einmal zu überdenken. Das waren Themen, die ich nicht einordnen konnte. Ich wollte ein Miteinander, das war aber keines.
Ich entwickelte Albträume, aus der Angst geboren, dass wir unsere Kinder nicht ernähren konnten. Nachts fand ich mich vorm Kühlschrank wieder, um die Vorräte nachzuprüfen, ob genug zu essen da war. Einmal war ich im Traum mit Michael im Kettenkarussell und als ich abstieg, suchte ich Michael, der dann am Fleischerhaken im Kettenkarussell hing. Ich fühlte mich allein mit der ganzen Verantwortung und sehnte mich danach, diese Verantwortlichkeit teilen zu können.

9. November 1999

Ich habe geglaubt, dass ich meine Ehe verdaut habe und stelle jetzt fest, dass dem nicht so ist. Ich habe mich verschlossen über viele Jahre, damit ich den Schmerz nicht mehr fühle.

Ich wusste nur eines, ich wollte Liebe, und wenn ich sie will, muss ich sie auch geben. Und ich gab, in alles, was ich tat, steckte ich meine Liebe, ich gab mich, gab mein Leben.

Heute bin ich traurig, dass ich nicht wusste, wie das geht, sich selbst zu lieben und nicht wusste, dass es die Voraussetzung ist, um wirkliche Liebe geben zu können.

Meine Kinder waren klasse, liebevoll, temperamentvoll und echte Haudegen. Sie forderten mich heraus, wollten sich mit mir messen und durften das auch. Oft habe ich Szenen vor Augen, wenn wir drei auf der Couch saßen, die beiden wie Große ihre Arme um meine Schultern legten und mir ganz offenherzig ihre Liebe bekundeten. Strahlende Augen, Blickkontakt und die Worte, die sich formten, Mama, ich liebe dich! Sie sind zu kurz gekommen, haben oft zurückstecken müssen, weil der Vater vorging, denn er konnte ja nicht mehr für sich sorgen.

Oft, wenn ich aus der Rehabilitationsklinik kam, war mir zum Weinen zumute. Dann kamen sie angerannt, lachten und weinten vor Freude, als wenn wir uns Jahre nicht gesehen hätten.

Als Klaus dann wieder zu Hause war, passierte naturgemäß oft auch ein Malheur. Nach einem Ausflug fiel Klaus aus seinem Rollstuhl und lag der Länge nach im Wohnzimmer auf dem Boden. Während Michael hin und her lief, seinen Vater am liebsten hochgezerrt hätte, legte sich Heinz auf das Pflegebett und hielt sich ein Comic-Heft vor die Nase. Damals waren sie elf und zwölf Jahre alt. Erst einmal beruhigte ich Michael. Hol dem Papa mal ein Kissen, damit er nicht so hart liegt und dann überlegen wir mit Papa, wie wir ihn wieder hochbekommen. Er muss uns das sagen, weil wir ihm sonst vielleicht weh tun.

Heinz schnauzte ich an, dass er helfen solle, sein Comic könne er ein anderes Mal lesen.

Klaus wog zwei Zentner, jede Hand wurde gebraucht.

Was ich erst Jahre später begriff, war, dass Heinz total überfordert war in dieser Situation.

In einer Rückführung durfte ich diese Szene noch einmal sehen und wusste dann, dass er dieses Leid nicht ertragen konnte.

Seine Seele schrie. In dieser Sitzung sagte ich ihm all das, was ich damals nicht begriffen hatte. Ich tröstete ihn und versicherte ihm, dass wir das schon schaffen würden.

Im Übrigen hielt er das Comic-Heft verkehrt herum vor der Nase. Er fühlte sich verstanden, hatte die Kraft uns zu helfen und war auch gerne bereit dazu.

Wie haben sie gelitten und ich hatte damals kein Gespür dafür in den einzelnen Situationen, weil ich oft selbst bis ins Letzte gefordert war.

Meine liebe Mutter hatte ein Gespräch mit Heinz, von dem sie mir erzählte. Sie sagte: »Das ist auch ein Kreuz, was ihr da tragt.« »Ja,« antwortete Heinz, »und das Kreuz hat vier Balken, jeder von uns muss es tragen!« Damals war Heinz elf Jahre alt.

Immer wenn Heinz traurig war, versteckte er sich unter sein Bett. Keiner sollte seine Traurigkeit sehen. Wie oft bin ich mit ihm darunter gekrochen, habe ihn unterm Bett liegend getröstet, ihn ermuntert, seine Traurigkeit mit mir zu teilen, damit es leichter wird.

»Heinz, du bist so toll, glaube an dich! Ich liebe dich!«

10. November 1999

Gestern Mittag war ich in Erkerath, habe Heinz besucht, der im Krankenhaus liegt. Wir haben uns zwei Stunden in seinem Auto unterhalten. Danach habe ich Klaus besucht. Es herrschte Chaos in seinem Haus. Ich bin dann auch schnell wieder gefahren, fühlte mich müde und wollte meine Ruhe haben.
Ich will nicht mehr trauern um das, was gewesen ist. Es war gut, mich noch einmal so wahrzunehmen. Das Loch war unglaublich tief. Ich war dem jetzt ein paar Tage hilflos ausgeliefert, konnte nicht begreifen, dass die ganze Ehezeit noch so präsent war und freue mich jetzt, dass ich mir das noch einmal ganz genau angeschaut habe.
Klaus hängt in seinen Begrenzungen, die ich auf Grund meines geringen Selbstwertes gegen mich verstanden habe. Ich habe mich immer wieder angeboten, weil ich ihm das Leben leicht machen wollte und habe ihm damit gleichzeitig auch seine Selbstständigkeit genommen. Er brauchte sich auch nicht anzuzweifeln, denn das tat ich ja zur Genüge. Klaus lebte einfach den Gegenpol, was ich mit meiner Haltung unterstützt habe.
Im Grunde genommen ist beides das Gleiche, da es sich gegenseitig bedingt.
Auch mit Carl war das so. Er zeigte mir immer, wie toll er war und verurteilte mich. Ich zeigte ihm auch, dass ich ihn toll fand und glaubte und lebte das, was er von mir dachte.
Ich wollte mit ihm reisen und stellte meine Bedürfnisse hintenan. Ich wollte mich mit ihm neu einrichten und stellte es hintenan, damit er sich Zeit lassen konnte, sich von seiner Vergangenheit zu lösen.
Ich wollte ein Miteinander und wartete, bis auch er so weit sein würde.
Ich verschwand immer mehr von der Bildfläche, nach altem Muster, wurde für mich immer uninteressanter.

Heute weiß ich, wenn ich die alten Muster nicht erkenne, kann ich sie auch nicht umwandeln, kann nichts Neues beginnen, weil es ins alte Muster eingebunden ist.

11. November 1999

Noch einmal möchte ich ganz tief in mein Leben eintauchen und die Bilder, mit allem was sie für mich bedeuten, anschauen.
Ich bin am 22. November 1955 geboren und war die Vierte von insgesamt sechs Mädchen, ein schreiendes Bündel, welches niemandem erlaubte in die Wiege zu schauen, ohne einen Brüller zu kassieren.
Meine Mutter schenkte in viereinhalb Jahren fünf Kindern das Leben, was an sich schon eine erstaunliche Leistung war.
Doch damit nicht genug, baute sie noch mit unserem Vater das Einzelhandelsgeschäft und die Metzgerei auf. Mit all dem war sie natürlich bis ins Letzte gefordert.
Wenn mein Vater überfordert war, nahm er sich eine Auszeit, ging in die Kneipe und brachte so für einige Stunden wohliges Vergessen in seinen Alltag. Dies musste meine Mutter dann ausgleichen, indem sie auch Vaters Arbeit auf sich nahm.
Wir waren alles Hausgeburten und sehr zum Verdruss meines Vaters eben alles nur Mädchen. Am Tage meiner Geburt bekamen wir eine Haushaltshilfe, die für mich meine Oma war.
Ich liebte sie und sie liebte mich. Ich war ihr »Schönerche« und genoss das sehr.
Auch meine Eltern liebten ihre Kinder, doch hatten sie kaum Zeit, da sie mit ihrem Geschäft vollauf beschäftigt waren.
Ich entwickelte Heimkindallüren, wackelte im Bett mit dem Kopf hin und her, was allgemein »Ruschelköpper« genannt wurde.
Das führte dazu, dass ich lange Zeit eine Glatze hatte, na ja, ein schönes Gesicht braucht eben viel Platz.
Im Alter von drei Jahren humpelte ich plötzlich und wollte auch nicht damit aufhören.
Ich wurde untersucht - nichts!
Ich wurde operiert – nichts!
Es war einfach nichts feststellbar.

Die Heilung nahm dann mein Vater in die Hand, als ich ihn eines Tages sehr geärgert hatte. Er rannte mit der Peitsche hinter mir her und da konnte ich laufen, sogar blitzflink auf einen Baum klettern, der mir Sicherheit bot.
Hier sind ein paar Fragen offen:
Habe ich simuliert? Wenn ja, warum?
Was ist mit mir geschehen in dieser Zeit?
Nun, dieser Schock hat mich auf jeden Fall »geheilt.«
Ich wartete, bis die Gefahr vorbei war, kletterte vom Baum, beobachtete, wann der Laden voll war und ging erst dann in die Höhle des Löwen um die Wogen zu glätten. Das klappte immer.
Wir wohnten in einer Siedlung, in der es von Kindern nur so wimmelte. Wir spielten viel draußen auf der Straße oder auf dem nahe gelegenen Spielplatz.
Schon damals konnte ich keinem wehtun. So manches Mal bin ich nach Hause gerannt und habe geschimpft, wenn andere Kinder grob mit mir waren. Oma sagte mir dann: »Hau doch einfach zurück, Elisabeth!« Meine Antwort war immer die gleiche: »Oma, das geht doch nicht, das tut doch weh!«
Gertrud, meine um ein Jahr jüngere Schwester war da ganz anders. Sie schrie: »Oma, ich brauche die Peitsche!«
Dann holte sie sich die Peitsche und schlug damit alle in die Flucht.
Man, habe ich das bewundert! Mit Gertrud habe ich mich dann auch im Nahkampf erprobt und meistens den Kürzeren gezogen. Sie trat und biss mit einer affenartigen Geschwindigkeit, worauf ich leider nie schnell genug reagieren konnte. Einmal sind wir bei einer solchen Rauferei in unserem Schrank gelandet. Die Glastür konnte unserem Temperament aber nicht standhalten. Oma sah es mit Schrecken und sagte: »Oh Gott, dann wird euch der Osterhase wohl dieses Jahr nichts schenken!« »Glaubst du wirklich?«, fragten wir, »dass Papa sich so sehr ärgern wird?« In solchen Momenten hielten wir ganz fest zusammen.

Wir beichteten unser Malheur, als der Laden richtig voll war und siehe da, der Osterhase hat uns nicht vergessen.

Ich kam ins Internat als ich acht Jahre alt war. Meine älteren Geschwister waren schon dort und ich freute mich sehr, nun endlich auch zu den Großen zu gehören.

Ich hatte mich auch schon gründlich vorbereitet. Das Buch Hanni und Nanni erzählt von Internatskindern und was sie alles für Streiche machten. Ich habe dieses Buch mit wachsendem Interesse gelesen und war, als ich ins Internat kam, mit vielen guten Ideen dort eingezogen.

Das Internat wurde mit strenger Hand von Nonnen geführt, doch ich hatte mir etwas vorgenommen und das ließ sich auch nicht mehr umprogrammieren.

Also, wo ich konnte, spielte ich meine Streiche und wurde auch meistens entlarvt. Schlimm fand ich, dass dann immer meine große Schwester herzitiert wurde. Wo doch meine Geschwister immer so lieb waren, nein, dass ich auch eine von den Fünfen sein konnte, war schon fast nicht mehr zu glauben.

Eines hatten wir gründlich gelernt, nämlich, wer drei Mal lügt, hat eine Todsünde begangen.

Bei all den Streichen, die ich inszenierte, war es mir das nie wert. Natürlich bin ich auch immer drei Mal gefragt worden. Beim dritten Mal war ich dann auch in allen Punkten geständig. Als ich endgültig begriffen hatte, dass sie sowieso drei Mal fragen würden, erzählte ich sofort die Wahrheit. Lügen lohnte sich nicht, dass war mir klar. Ich genoss die Freude und Achtung meiner Mitschüler und die sich haareraufenden Nonnen gleichermaßen. Auf meine kleinen Streiche zu verzichten, kam nicht in Frage.

Was wäre das Leben im Internat, wenn nicht plötzlich Schlüssel verschwinden würden, wenn man damit eine Klassenarbeit verhindern kann? Was wäre das Leben im Internat, wenn nicht ein verdutztes Gesicht verrät, dass die eingefrorene Nonnentracht gefunden worden ist?

Beliebte Strafen waren: in der Ecke stehen, am Katzentisch sitzen, was mein Stammtisch war. Manchmal musste ich auch hundert Mal den Satz: Ich darf nicht... schreiben, je nachdem, was ich gerade so verbrochen hatte.

Jeden Sonntag war Briefschreiben angesagt und die kleinen Verbrecher mussten ihre Missetat nach Hause schreiben. Der Brief blieb geöffnet, damit auch die Gruppenschwester ihre Beschwerde darin kundtun konnte.

Einmal sollte ich zur Strafe vom Karnevalsfest ausgeschlossen werden. Ich habe geschimpft und getobt, die Strafe war zu hart. Abends hörte ich dann, wie eine Schwester beim abendlichen Gebet dafür betete, dass doch alle Kinder so mutig und ehrlich werden sollten wie ich.

Als absolute Schikane empfand ich die Reinlichkeitserziehung.

Immer wieder die Kontrolle, ob wir uns auch wirklich gewaschen, die Zähne geputzt, die Ohren gesäubert und die Seife auch tatsächlich benutzt haben. Zwecks Kontrolle wurden wir begutachtet, begrabscht und bloßgestellt. Wie oft wurde mir der Hals mit einer Bürste geschrubbt, weil er nicht richtig sauber war.

Ich erinnere mich, dass ich einmal, nachdem mein Waschergebnis unserer Gruppenschwester unzureichend erschien, zum Baden geschickt worden bin. Ich ließ das Wasser in die Wanne laufen, zog mich aus und stellte mit Schrecken fest, dass ich die Wasserhähne nicht zudrehen konnte. Ich bekam Panik, rief nach der Schwester, die dann auch kam.

Doch diese hatte es gar nicht so eilig, das Wasser abzudrehen.

Sie stand da, betrachtete mich, wie ich dastand, nackt, außer mir vor Angst, dass das Wasser über den Wannenrand fließen würde und schien Spaß zu haben. Ich fühlte mich sehr unwohl, schämte mich und hätte mich am liebsten versteckt, was natürlich nicht ging. Diese Begebenheit hat mich sehr lange beschäftigt und mich in meinem Vertrauen erschüttert. Die Ferien verbrachten wir zu Hause. Ich freute mich immer, wenn die Ferien vorbei waren und ich wieder ins Internat zu meinen Freundinnen kam.

Für unsere Mutter war das schlimm. Jedes Mal, wenn sie uns wegbrachte, tat ihr das Herz weh, doch sie hatte keine andere Möglichkeit.

Ich war elf Jahre alt, als wir noch eine kleine Schwester bekamen. Mit 14 Jahren verließ ich das Internat, hatte meinen religiösen Touch weg, welcher für mein weiteres Leben entscheidend wirksam war.

Ich war ein fleißiger Kirchgänger, ging regelmäßig beichten und war sehr gottesfürchtig. Bis ich wusste, dass wir Gott nicht fürchten müssen, sind einige Jahre ins Land gegangen. Ich hätte mir so manche Erfahrung leichter machen können mit der Vorstellung an einen liebenden Gott, der keine Fehler, sondern nur Erfahrungen sieht, aus denen der Mensch seine Lehren zieht.

Lebensbestimmend war für mich: Liebe Deinen Nächsten, wie dich selbst. Doch das »wie dich selbst«, habe ich bis dahin nicht wirklich gehört. Ich konnte auch keine Eigenliebe an den Verhaltensweisen der Erziehenden erkennen.

Meinen Schulabschluss machte ich in Gladbeck. Danach besuchte ich die Kinderpflegerinnenschule, bis mein Vater einen Schlaganfall bekam.

Mutter übernahm nun auch noch sämtliche Arbeiten, die in der Wurstküche anfielen und ich half ihr dabei. Mit ihr zu arbeiten war wunderschön. Wir hatten immer tolle Gespräche während der Arbeit und ich lernte so manche Lebensweisheit von ihr.

Was ich hasste, war die Reinigung des Kutters. »Elisabeth«, sagte meine Mutter, »du kannst das mit einem langen Gesicht machen, dann wirst du dir selbst im Wege stehen. Du kannst aber auch lächeln dabei und du wirst sehen, es wird leichter und du wirst dann Wege finden, wie du es einfacher bewerkstelligen kannst.«

Natürlich fand ich Wege, wie es einfacher ging.

Nie ungeduldig übernahm unsere Mutter alle Arbeiten, die anfielen, brachte Zeit für ihren kranken Mann auf, der sehr anstren-

gend war, und hatte immer ein offenes Ohr für unsere Probleme. Sie glich aus, arbeitete rund um die Uhr und behielt ihren Humor, der unerschöpflich war. Schon in ganz jungen Jahren galt ihr meine Sorge. Ich konnte mir nie vorstellen, wie man das aushalten kann. Einen so anstrengenden Mann, die viele Arbeit, ständig Geldsorgen und wir, die auch ständig ihre Hilfe forderten.
Mit 16 Jahren hatte ich genug davon, wollte die viele Arbeit nicht mehr sehen. Ich leistete mir ein Hobby, den Damenfußball. Zwei Mal die Woche war nun trainieren angesagt und jeden Sonntag ein Spiel. Oft stahl ich mich einfach weg, hatte zwar ein schlechtes Gewissen, doch der Reiz des Neuen war noch größer.
Mit 18 Jahren lernte ich dann Klaus in der Fahrschule kennen und war nachweislich nicht mehr zu retten.

Liebe Klara,
ein Thema steht noch aus. Am Sonntag war ich auf einem Konzert und habe in dem Sänger, es war ein Russe, meinen Vater erkannt. Als er die Bühne betrat, war ich erschrocken. Er repräsentierte das Bild, was ich von meinem Vater hatte. Der Sänger trug seine Lieder mit so viel Gefühl, Seele und Herz vor, dass ich eine Gänsehaut bekam. Ich schloss meine Augen und sah vor meinen geistigen Augen den Film, wie er sich als Kind für mich dargestellt hatte.
Unser Vater hatte diese Gefühlstiefe, doch hat er sie nicht gelebt. Papa machte uns Kindern Angst. Er war launisch und ungeduldig, ein frustrierter Mann, der uns das Leben schwer machte.
Er hatte Unternehmergeist, wollte alles besser machen als er es bis dahin in seinem Leben erfahren hatte und stürzte sich in seine Selbstständigkeit mit großer Hoffnung auf ein besseres Leben. Seine Frau war ihm eine treue Gefährtin auf diesem Weg. Sie wusste um seine leidvollen Erfahrungen aus der Kindheit. Liebe würde diese ausgleichen, da war sie sich sicher. Sechs Mädchen bekam er, keinen Jungen, den er sich so sehnlichst gewünscht hatte.

Wenn etwas nicht nach Wunsch lief, ließ unser Vater seinem Frust freien Lauf, beschimpfte uns, seine Frau und hörte auch nicht eher auf, bis er alle in die Flucht geschlagen hatte.

Wie oft haben wir Geschwister zusammengesessen, uns überlegt, dass wir zusammen weglaufen wollten und haben es dann doch nicht getan, weil wir an unsere Mutter dachten, der wir damit große Sorgen bereitet hätten.

Schon ganz früh habe ich meinen Vater studiert. Sehr früh nahm ich seine Gefühle wahr, wusste um seine Traurigkeit und auch, wonach er sich so sehnte. Er war nicht wirklich dieser Diktator, den er immer herauskehrte. Schon als kleines Kind war ich vollauf damit beschäftigt, ihn wahrzunehmen, damit ich gefährlichen Situationen aus dem Wege gehen konnte. Ich wusste ganz genau, wann es besser war, den Mund zu halten und wusste auch, wann ich es wagen konnte, mich mit ihm auseinander zu setzen.

Schon damals habe ich nicht mein Gefühl gelebt. Im Gefühl des Anderen war ich sicher, denn von da aus drohte die Gefahr.

Ich liebte meinen Vater, wie ein Kind eben liebt. Mein Vater, der Große, Allmächtige, der Angsteinflößende.

Wenn ich ganz lieb bin, ja dann brauche ich doch auch keine Angst mehr zu haben. Lieb sein hieß, zu wissen, was er gerade wollte, damit ich das auch erfüllen konnte.

Wie gern hätte er einen Jungen gehabt. Ich wurde einer. In meinen Träumen war ich immer stark, mutig und ohne Angst. Ich bewerkstelligte alles mit Leichtigkeit, ohne zu zögern, rettete alle und war immer der Held. Am Ende eines jeden Traumes war ich der Stolz meines Vaters.

Die Wirklichkeit sah anders aus. Ich wünschte mir seine Liebe, die er nicht geben konnte.

Heute weiß ich, dass er ein Frauenproblem hatte.

Meine Mutter durfte nicht zum Frauenarzt. Auch bei den Geburten durfte kein Arzt anwesend sein. Bei Utes Geburt war ein Arzt dabei, was er ihr, meiner Mutter, und dem Rest der Welt übel

nahm. Jahrelang, an jedem Geburtstag von Ute war die Stimmung vergiftet, war kein schönes Miteinander möglich.
Wie es seiner Frau damit ging oder uns Kindern, interessierte ihn nicht, denn er litt für sich Höllenqualen. Er hätte es lieber gesehen, dass seine Frau stirbt, als dass ein anderer Mann sie so sieht. Wie sehr haben wir und unsere Mutter darunter gelitten. Nach außen waren wir eine Bilderbuchfamilie, alles andere wäre ja auch geschäftsschädigend gewesen. Welche Leistung hat unsere Mutter da vollbracht. Sie hat die Familie zusammengehalten, musste uns ins Internat bringen, auch wenn ihr die Trennung sehr weh tat. Sechs Mädchen, und dieser schon damals kranke Mann, machte für sie die Arbeit zum rettenden Anker.
Ich habe Jahre gebraucht, um zu erkennen, dass ich mich begrenze, ablehne und verurteile. Lange Zeit wäre ich lieber ein Junge gewesen. Meinen Körper habe ich abgelehnt, habe meinen »Mann« gestanden, durch alle Schwierigkeiten hindurch.

27. Dezember 1999

Inzwischen sind ein paar Wochen ins Land gegangen. Ich habe die Zeit genutzt, um alles zu verarbeiten. Nie hätte ich es für möglich gehalten, dass so viele unerledigte Gefühle darauf warten, endlich wahrgenommen zu werden. Ich war Gefangene meiner eigenen Schutzmechanismen, die ich mir schon in ganz jungen Jahren aufgebaut habe. Mit Hilfe des Schreibens war ich im Gefühl des ängstlichen Kindes, der Liebe suchenden Ehefrau, der gekränkten Geliebten und konnte so mein Leben von großem Ballast befreien.
Klara höre ich nicht mehr, wir sind eins geworden. Ich bin dankbar für die reinigende Arbeit, die nur möglich wurde, weil meine Not mir keine Wahl ließ. Sechs Wochen konnte ich nachts kaum schlafen. Ich ließ mir Schlaftabletten verschreiben, die mir nicht halfen. Diese Tabletten verlängerten meinen Schlaf höchstens um eine halbe Stunde, weshalb es für mich unsinnig war, diese Pillen zu schlucken. Heute ist mein Schlaf ausgezeichnet. Ich fühle mich ruhig und gelassen.

Es gibt niemanden, dem ich für irgendetwas die Schuld geben kann. Ich habe erkannt, dass jeder für sein Leben selbst die Verantwortung tragen muss. Im Kopf war mir das schon lange klar, doch jetzt hat dieses Wissen eine neue Qualität. Ich fühle mich von diesem Wissen getragen und bereichert. Das heißt gleichzeitig, dass ich keinem mehr erlauben werde, über mich zu verfügen, mich in irgendeiner Weise zu benutzen. Dies ist möglich geworden, weil ich nun im Kontakt mit mir bin. Ich liebe das Leben, ich liebe meine Eltern, meine Geschwister, meinen Ex-Ehemann, meine Kinder und ich liebe Carl. Diese Liebe kann mir keiner nehmen, es ist meine Liebe, ich empfinde sie und begreife immer mehr, dass ich diese Liebe tatsächlich bin. Alles, was ich mit ihnen erlebt habe, hat mich hierhin geführt. Ich bin endlich da, wo ich hingehöre, bei mir. Nun beginnt mein Leben neu. Jetzt bin ich der Regisseur für meinen weiteren Weg, was für mich ein Abenteuer ist. Alle Wege stehen mir offen und ich bin neugierig, auf alles, was ich noch erleben werde. Ich fange an, mich zu verwöhnen, mir schöne Dinge zu gönnen und mich daran zu erfreuen. Meine Eigenliebe wächst mit jedem Tag. Natürlich gibt es auch Trauer, Zweifel und Einsamkeit, doch es sind nun meine Trauer, meine Einsamkeit und meine Zweifel. Mit diesem Wissen bin ich die Einzige, die etwas tun kann, um mit diesen Gefühlen klarzukommen. Ich entscheide, wie lange ich in diesem Gefühl bleibe und wann ich mich daraus befreie. Kein Umweg mehr, weil ein anderer mein Bedürfnis befriedigen muss. Heute stelle ich die Frage an mich: Was kann ich für mich tun, um meine Situation zu ändern? Kein Ziehen am Anderen, dem ich doch heimlich die Schuld an meinem Unwohlsein gebe. Jeder hat seine eigene Verantwortung für sich und soll sie auch behalten. Ich habe nur die Macht mein Leben, sprich mich zu ändern und bin damit vollauf beschäftigt. Ich habe immer großen Wert darauf gelegt, niemandem wehzutun. Selbst in tiefem seelischem Schmerz war es für mich unerträglich, die Schmerzen anderer wahrzunehmen. Deshalb verwandte ich viel Zeit und Energie darauf, mit meiner Schmerzvermeidungs-Taktik den Mitmenschen zu schonen. Dabei war es mir nicht so wichtig, ob ich damit abgewertet wurde. Für mich war die Hauptsache, dass ich niemandem wehtue. Heute weiß ich, dass ich vor allem mir damit wehgetan habe. Darüber hinaus habe ich meinen Partner daran gehindert, bei sich zu schauen. Ich war schneller und hatte mich längst bereitwillig schuldig sprechen lassen oder selbst schuldig gesprochen. Ich habe es geschafft, mir meinen Schmerz anzuschauen, deshalb fühle mich heute befreit und gestärkt und wünsche jedem diese Erfahrung auf seine Weise. Anerkannter Schmerz ist wie an Mutters Brust zu ruhen, eine Streicheleinheit, ein Sichlieben. Ich genieße es durchaus noch heute, wenn mir jemand sagt: »Ja, ich verstehe dich.« Doch weiß ich jetzt, dass dies alles keinen Wert hat, wenn

ich mich nicht verstehe. Denn dann bin ich trotzdem permanent darauf angewiesen, die Bestätigung vom Anderen zu hören, weil ich selbst nicht bereit bin, mich zu hören und zu verstehen. Meine Toleranz mit mir ist gewachsen, ich verurteile mich nicht mehr. Ich bin in Ordnung!
Welch eine Wohltat, so etwas von mir zu hören. Ich liebe mich!

29. Dezember. 1999

»Wisse, dass jeder Moment eine Änderung in sich birgt und dass jede Änderung seine Ordnung hat.«

Nichts bleibt im Leben so wie es im Moment ist. In jeder Sekunde vollzieht sich eine Änderung, ob wir sie wahrnehmen oder nicht. Wir haben die Wahl, ob wir bewusst oder unbewusst den Augenblick begehen. Da wir im Leben immer nur den Augenblick zur Verfügung haben, habe ich mich auf den Weg gemacht, den Moment und seine Möglichkeiten wahrzunehmen.

Was ist jetzt? Jetzt sitze ich hier am Computer, schreibe meine Gedanken auf, die mir gerade kommen und freue mich über meine Kreativität.

Jeder Moment trägt in sich eine Änderung. Was bedeutet das für mich? Ich kann nichts festhalten, auch wenn ich es noch so gerne tun will. Alles, was ich festhalten will, belege ich mit meiner Verlustangst und damit verabschiedet sich das Schöne, wird porös, bröckelt und entfernt sich. Die so genannten schlechten Dinge, die ich nicht haben will, habe ich so paradoxerweise festgehalten. Wie habe ich das gemacht? Ganz einfach, allein die Tatsache, dass ich es ignorieren wollte, hat mich, meine Gedanken, meine Aufmerksamkeit ganz in Anspruch genommen. Was mir nicht klar war ist, das ich alles, was ich mit meiner Aufmerksamkeit belebe in mein Leben ziehe. Ich nähre es mit meiner Aufmerksamkeit, fülle mich mit diesem Gedankengut und strahle meine Gedanken aus. Das Leben selbst reagiert darauf, das ist ein Gesetz.

Als Beispiel nehme ich einmal meinen Mann, der immer mit seinem Gewicht zu kämpfen hatte. In größeren Intervallen wurde so immer wieder eine Diät nötig. Er war konsequent in der Phase seiner Schlankheitskur und nichts konnte ihn zwischendurch zum Naschen verführen. Wenn er dann nach langen Wochen der Enthaltsamkeit einmal von seinem Plan abgewichen ist, schlich sich Angst ein. Angst, dass jetzt der Bann gebrochen, die Willens-

stärke nicht mehr die Oberhand behalten würde. Indem er diese Angst nährte, beschäftigte er sich nun mit der anderen Seite, wieder dick zu werden.
Wenn ich diese Angst bemerke, ist eine Unterbrechung nötig. Die Angst ist natürlich da. Sie wegzudrängen würde nichts ändern. Ich muss mich dieser Angst stellen, muss sie wahrnehmen und dann ganz liebevoll mit mir umgehen.
Was würde ich meinem besten Freund dann wohl sagen?
Ich spiele jetzt damit: »Du hast das so schön gemacht, schau mal, dir passen schon wieder deine Lieblingshosen. Warum sollst du nicht auch einmal naschen dürfen? Vergiss nur nicht deinen Wunsch und gehe weiter deinen Weg. Wie schlank möchtest du sein? Weißt du, wie du dann aussehen wirst? Kannst du dir das vorstellen? Was für ein Gefühl ist das, wenn du dich schlank siehst? Gefühle sind die stärksten Wegbegleiter. Du kennst das Gefühl, wie es ist, schlank zu sein, rufe es wach, hole es in dein Leben. Spiele mit diesem Gefühl, denn dafür machst du es doch. Du willst dich schlank fühlen. Am Anfang steht immer das Wort. Was heißt das? Alles was in dieser Welt entstanden ist, war zuerst als Gedanke da. Mit dem Gedanken stellte sich auch das Gefühl ein, mit dem Gefühl der nächste Schritt, der getan wird muss.
Als ich im Telekolleg mein Abitur machte, konnte ich beobachten, wie es passierte, das von 100 Teilnehmern nur 20 übrig bleiben. Die wenigsten gaben auf, weil sie es terminlich nicht mehr schafften. Sie gaben auf, weil sie nicht an sich glaubten. Die Angst, dass am Ende die ganze Tortur umsonst gewesen sein könnte, wurde zum unüberwindbaren Hindernis.
Auch ich stellte mir die Frage, ob es sich lohnt weiterzumachen. Die Frage, ob ich das Studium durchziehen würde, wenn ich wüsste, dass ich am Ende meinen Abschluss hätte, konnte ich mit »Ja« beantworten, weshalb ich es auch zu Ende führte. Beim Richtfest meiner Abiturzeit hatte ich ein wunderschönes Erlebnis mit meiner Selbstkommunikation. Während eines Selbsterfahrungs-Se-

minars war eine unserer Übungen, einen Brief an uns selbst zu schreiben. Das war gar nicht so einfach. Die Aufgabe bestand darin, uns so zu schreiben, wie wir es mit der liebsten Freundin machen würden. Ich schrieb mir alle besten Wünsche für mein bevorstehendes Abitur auf und dass ich selbst, wenn es mal keinen Spaß machen sollte, das Ziel nicht aus den Augen verlieren solle. In sehr liebevoller, aufmunternder Art und Weise, wie es selbstverständlich ist für Freunde, bekundete ich meinen Glauben in meine Fähigkeiten. Am Ende gaben wir die Briefe in einen an uns adressierten Umschlag, die der Seminarleiter intuitiv an uns schickte. Ich bekam meinen Brief, als ich fest entschlossen war, die nächste Arbeit in Mathematik nicht mehr mitzuschreiben. Durch meine eigenen Worte fühlte ich mich aufgemuntert und nahm die Herausforderung gerne wieder auf. Ein halbes Jahr hat dieser Brief beim Seminarleiter gelegen und kam für mich genau im richtigen Augenblick.

Nun begebe ich mich aufs Glatteis, weil hierfür noch der Beweis aussteht. Ich stelle die These auf, dass es sich mit meiner Krebserkrankung genauso verhält. Wohin geht meine Aufmerksamkeit? Seit zwei Jahren steht nun die Diagnose. Amputation und Chemotherapie habe ich abgelehnt. Die angekündigten Metastasen in meiner Leber, vor denen mich die Ärzte warnten, haben sich nicht bewahrheitet. Neuere Untersuchungen ergaben, dass sich die Tumore auf meine Brust beschränken. Welch ein Glück, sagen die Ärzte. Doch solle ich dieses Glück nicht auf eine zu harte Probe stellen und jetzt endlich die Hilfe der Medizin in Anspruch nehmen. Ich glaube immer noch nicht, dass eine Amputation der richtige Weg für mich ist. Den anderen Weg bin ich allerdings auch nicht konsequent gegangen. Immer wieder habe ich mich mit Zweifeln auseinander gesetzt, oft auch in unbewusster Art und Weise. Noch einmal frage ich mich: »Was kann ich für mich tun?« Es ist so logisch für mich, wenn ich Gesundheit fühle, denke und lebe, dass sich zwangsläufig auch Gesundheit einstellt.

Was heißt »Gesunddenken«?

Ich habe genug Beispiele für negatives Denken. Ich feiere mit meiner Familie den fünfzehnten Geburtstag meines Neffen, habe richtig Freude und als ich mich nachts um halb drei ins Bett lege, spüre ich Schmerzen in meiner Brust. »Prima, denke ich, ich lege mich schlafen und in mir geschieht Heilung«. Ich schlief ausgezeichnet, fühlte mich als Genesende. Als ich morgens aufstand und zum Duschen ging, fühlte ich mich plötzlich schlapp und übel. Sofort fragte ich mich: »Was habe ich denn gerade gedacht?« Da hatte ich sie entdeckt, meine mörderischen, flüchtigen und dennoch wirksam krankheitsbringenden Gedanken.
»Sag mal Elisabeth, du musst doch wohl einen Schuss haben, legst dich hin, hast Schmerzen und bildest dir ein, dass Heilung geschieht. Hey, die Metastasen marschieren durch deinen Körper.«
Die Wirkung stellte sich postwendend ein. Mein wunderbarer Körper reagierte sofort mit Schlappheit und Übelkeit. Meine Gedanken haben in mir eine Chemie bereitet, die krankheitsunterstützend waren. Ich freute mich damals über diese Entdeckung und nahm mir vor, meine Gedanken zu kontrollieren, meine eigene »Chemotherapeutin« zu werden. Doch das war einfacher gedacht als getan. Wie oft habe ich meinen Kopf »denken lassen«, war mir nicht bewusst, was ich dachte. Doch auch hier entdecke ich eine große Falle. Das hat nämlich nichts mit positivem Denken zu tun. Ich muss mir meiner Gedanken bewusst werden. Das bedeutet, dass ich in jedem Moment sehr wach sein muss, wissen muss, wohin meine Aufmerksamkeit geht. Ich kann nur dann mein Gedankengut lenken, wenn ich die Wahl habe. Die Wahl habe ich allerdings nur dann, wenn ich bewusst bin. Mir war damals klar, dass ich Massenbewusstseins-Gedanken hatte. Es ist ja allgemein bekannt, dass Krebs tödlich endet, wenn nicht radikal jede Krebszelle vernichtet wird. Mit diesem Allgemeinwissen bin ich verbunden, ob ich das nun wahrhaben will oder nicht.

Massenbewusstsein heißt für mich, dass die Masse sich bewusst ist, dass Krebs eine tödliche Krankheit ist. Auch in mir ist dieser Glaubenssatz verankert und wirkt.
Doch woher kommen dann die Spontanheilungen? Menschen, die vom medizinischen Standpunkt aus keine Chance mehr hatten, die sich selbst aufgegeben hatten und dennoch wieder gesund wurden? Was ist ihr Geheimnis? Haben sie ihre Krankheit angenommen?
In meiner Bürozeit hatte ich ein Gespräch mit einer jungen Frau, die Lungenkrebs hatte. Sie erzählte mir, dass sie genau weiß, wie Heilung geht. Sie hatte es selbst erlebt. Sie sagte mir, dass sie nur noch gebetet hat, weil sie selbst ratlos war. Nach einigen Wochen hatte sie das Gefühl, gesund zu sein und ließ sich erneut untersuchen. Der Arzt sah sich vor einem Rätsel, da die Lunge frei von Metastasen war. Die junge Frau war überglücklich. Doch nach kurzer Zeit kamen ihr Zweifel, die sie nicht loslassen konnte und das Krankheitsbild stellte sich wieder ein. Ihre Verzweiflung war bodenlos. Sie glaubte nun, von Gott bestraft zu sein und fand nicht mehr den Weg zum Gebet.
Ich glaube nicht, dass Gott sie bestraft hat.
Wisse, dass jeder Moment eine Änderung in sich birgt
und dass jede dieser Änderungen seine Ordnung hat.
Wenn jetzt meine Tumore wachsen, zeigen sie mir, dass ich gerade nicht an mich glaube. Anders gesagt: Ich glaube nicht mehr an mich und nehme stattdessen an, dass das im Allgemeinbewusstsein vorhandene Wissen wahr ist.

Ich trage für mein Leben meine Verantwortung.

Mein Körper zeigt mir, ob ich mein Geschehen konsequent in die eigenen Hände genommen habe. Eine Änderung ist in Ordnung, wenn ich sie als Hinweis dafür nehme, dass ich immer noch glaube, dass ich keinen Einfluss auf meinen Körper habe.
Ich will jetzt beschreiben, wie es sich anfühlt, gegen mich, sprich gegen einen Teil von mir zu sein, nämlich gegen meine Tumore.
Ich bin voller Angst und spüre gleichzeitig: Ich will diese Angst nicht!
Die Vorstellung von fortschreitender Krankheit liegt unter dieser Angst, die ich nicht will!
Ich lasse diese Gedanken nicht ins Bewusstsein, weil ich sie nicht will!
Doch sie sind da und begleiten mich in jedem unbewussten Moment und sind dabei hochwirksam. Mein Körper befindet sich im Kriegszustand, weil ich gegen das kämpfe, was ist. Das hat Verkrampfung, nicht Sehen- und Wahrnehmenwollen zur Folge.
Sind dies wachstumsfördernde und sich ausbreitende Attribute für meinen Kriegsschauplatz? Ist es das, wovon der Krebs lebt, wie die Blume sich von Wasser und Licht ernährt? Mache ich ihn damit stark? Ich bin gegen mich, wenn ich glaube, nicht gut genug zu sein. Ich bin gegen mich, wenn ich andere für besser halte. Ich bin gegen mich, wenn ich mich klein mache. Und wie geschieht das? Ich glaube oft, nicht gut genug zu sein, weil ich mich abhängig mache von der Meinung anderer. Weil jedoch alle Mitmenschen mit mir im gleichen Boot sitzen, fällt ein Sichannehmen allen sehr schwer. Unsere gesamte Erziehung spricht dagegen. Ein allgemeiner Merksatz heißt: »Eigenlob stinkt!«
Diese Erziehung vermittelt, dass ich nur dann in Ordnung bin, wenn mir dies von anderen auch bescheinigt wird. Also warte ich ständig darauf, dass mir dieses gesagt wird. Es wird mir jedoch verweigert, damit ich nicht »größenwahnsinnig« werde. Und je-

der ist so abhängig von der Resonanz des Anderen. Jetzt muss ich mir darüber klar werden, dass ich bin, was ich denke. Damit werde ich unabhängig von den Zuweisungen anderer.

Denke ich: Das ist ein besonders anziehender Mensch, bin ich es, weil ich es denke und fühle. Wenn mir diese Gesetzmäßigkeit klar ist, nähre ich mich mit meiner Großartigkeit. Wenn mir diese Gesetzmäßigkeit nicht bewusst ist, gebe ich von meiner Substanz und verliere zwangsläufig, weil ich abgebe statt anzunehmen, was ich gerade empfinde. Ich bin, was ich denke, fühle und ausdrücke. Ich bin lebendiger Ausdruck meines Selbst. Mittlerweile bin ich so sensibel geworden, dass ich meine Worte körperlich fühle. Wenn meine Worte mit dem Gefühl nicht übereinstimmen, habe ich sofort die Möglichkeit mich zu korrigieren oder mich mit mir zu beschäftigen. So bin ich dann wieder bei mir gelandet.

Eine neue Frage taucht auf: Habe ich den Mut und die Kraft, anders zu denken? Welche Hilfe kann ich mir holen, oder geben, um mein Andersdenken zu fördern? Im Moment fällt mir hierzu nur das Gebet ein. Ich kenne keinen Menschen, mit dem ich diese Fragen erörtern kann, mich stärken kann. Selbst Frau O. glaubt nicht wirklich an ihre Lehren. Als ich meine Freundschaft mit Carl begann, sagte sie doch glatt: »Frag ihn doch mal, ob er das Gleiche, was er mit seiner Frau erlebt hat, noch einmal erleben will!« Wie lange habe ich diesen Satz wirken lassen? Die Tragweite dieses Satzes ist unglaublich.

Sie lehrt, dass jeder seine Geschicke selbst in der Hand hat und spricht gleichzeitig davon, dass meine Krebserkrankung zum Tode führen wird. Doch damit brauche ich mich jetzt nicht aufzuhalten, ich habe jetzt erkannt, dass ich lange genauso gedacht habe.

Doch jetzt zu meinem Erleben: Oft habe ich leichte Schmerzen in der Achselhöhle verspürt. In diesen Momenten habe ich innegehalten, habe mit meinem Körper gesprochen und den Tumoren verboten über die Brust hinauszugehen. Ich habe mir versprochen, dass ich mein Leben klären werde, habe dies getan und tue es noch. Jetzt sagen mir die Ärzte, dass ich unglaubliches Glück gehabt habe, doch dieses Glück solle ich nicht weiter herausfordern. Wieder stehe ich vor einer entscheidenden Frage: Ist das wirklich Glück? Haben die Ärzte Recht? Ist das Resultat vom Zufall herbeigeführt? Das sind meine Fragen an mich. Meine Antwort ist: Dies ist kein Glück, sondern das Ergebnis meiner Arbeit! Dennoch haben sich die Tumore in meiner Brust vermehrt? Das Leben selbst gibt mir hier viele Antworten.

Ich habe mich klein gemacht, habe mir Schuld gegeben, mir gesagt, dass ich nicht liebenswert bin, habe mich abhängig gemacht. Das hat dazu geführt, dass ich in meine alten, unbekannten Gefühle gefallen bin, die ich über viele Jahre nicht wahrhaben wollte. Ich kläre mein Leben weiter, mache mir alles bewusst und arbeite so lange damit, bis ich es annehmen kann. Ich fühle mich einfach wohl mit dieser Lebensphilosophie. Unabhängig davon, dass eine mögliche Nebenwirkung sein könnte, dass ich gesund werde, ist die Sofortwirkung, dass ich meine Lebendigkeit fühle. Ich glaube, dass dies schon immer mein Wunsch war.

Meine derzeitige Situation ist schwer. Ich bin allein, ohne Einkommen und sehe mich erneut vor die Frage gestellt, ob eine Amputation mein Leben verlängern kann. In meinen Meditationen bekomme ich als Antwort für meinen nächsten Schritt, dass ich meine Erfahrungen, meine Gedanken, Ängste, Sorgen und Nöte aufschreiben soll. So kann sich nichts mehr verstecken und unerkannt sein Eigenleben in mir führen. Ich lerne mich ganz kennen, was gut ist, da ich nur Erkanntes ändern kann. Die Schuldfrage, die immer wieder in meinem Leben eine große Rolle spielte, ist durch mein Schreiben ins Erkennen gekommen. Ich weiß jetzt, dass ich mich daran nicht mehr aufhalten muss, denn Schuld hält mich nur gefangen, hindert mich, meinen Weg zu gehen. Es gibt niemanden, der mich bestrafen will. Ich bin hier, um meine Erfahrungen zu machen und die will ich auch machen. Schwieriger ist das Annehmen meiner derzeitigen Situation. Sie erscheint mir oft sehr unsicher. Mir fehlt der Austausch mit Gleichgesinnten, die liebevolle Zuwendung eines Partners, die Zärtlichkeit und das Angenommensein. Mir fehlt ein sicheres Einkommen, deshalb ist der Blick in die Zukunft alles andere als rosig.

Bin ich in meiner Meditation, sprich in meiner Mitte, gibt es derzeit nur einen Hinweis, nämlich, dass es gut ist zu schreiben. Ich traue diesem Hinweis und spüre beim Schreiben selbst eine große Beruhigung. Vielleicht wird ein Buch daraus, vielleicht finde ich auf diesem Wege Gleichgesinnte, vielleicht finde ich so ein ganz neues Betätigungsfeld. Steht am Ende meine Heilung? Ich werde es erleben, denn ich bin ja dabei.

Wisse, dass jeder Moment eine Änderung mit sich bringt und dass jede Änderung in Ordnung ist.

»Es ist, wie es ist, sagt die Liebe!«

Immer wird es einen geben, der Vorreiter ist, der einen Weg beschreitet, welcher bis dahin als unbegehbar galt.

Was ist ein Gedanke?

Wir können nicht nichts denken. Permanent denken wir und senden diese Gedanken in die Welt. Je kraftvoller meine Gedanken sind, umso mehr besteht die Chance oder Befürchtung, dass sich meine Gedanken verwirklichen. Kraftvolle Gedanken werden von Freude und Begeisterung oder von Angst getragen. Ein Gedanke ist reine Energie.
Mit welchen Energien umgebe ich mich am Tage?
Wann wird ein Gedanke kraftvoll? Zunächst war der Gedanke, Krebs zu haben neutral. Er hatte an sich noch nichts Bedrohliches. Ich fing an, alles, was es darüber zu wissen gab, in mein Gedankengut aufzunehmen. Irgendwann hatte ich mich so eingehend damit beschäftigt, dass sich auch die Angst einstellte. Nun habe ich ein kraftvolles Gedankenkarussell geschaffen, welches mit nur kleinen Gedankenticks komplexe Geschichten abruft. Jede dieser komplexen Geschichten hat angstbesetzte Anteile, also kraftvolle Energie, die nach Verwirklichung strebt. Wie oft habe ich vom Placeboeffekt gehört. Wie oft wird gesagt, dass die Heilung ja nur zustande gekommen sei, weil der Betreffende daran geglaubt hat. Was bitte heißt in diesem Zusammenhang eigentlich »NUR«? Wenn das wirklich alles ist, warum glauben wir dann nicht?
»Wenn Euer Glaube auch nur die Größe eines Senfkornes hat, so könnt Ihr Berge versetzen.«
Was fällt mir so schwer daran, mein Gedankengut zu erneuern? Alles, was ich über Krebs weiß, warum werfe ich es nicht einfach über Bord und hole mir das ins Leben, was ich will? Hier bin ich wie der ungläubige Thomas, der erst dann glauben konnte, als Jesus leibhaftig vor ihm stand.
Wie hoch ist eigentlich das Risiko? Kein Arzt kann mir Gewissheit geben und dem will ich mich anvertrauen? Schau ich mir doch einfach mal an, welche Gedanken dagegenstehen.

1. »Ich habe keinen Beweis!«
2. »Ich werde für eine Spinnerin gehalten!«
3. »Ich spiele mit meinem Leben!«
4. »Werde ich mir vielleicht einmal den Vorwurf anhören müssen, das Notwendige nicht getan zu haben?«
5. »Wie kann ich so vermessen sein, zu glauben, dass ich so wunderbare Kräfte habe, die alles in meinem Leben möglich machen?«
6. »Was zieht es nach sich, wenn ich weiß, dass Heilung so und nicht anders geht?«
Wieder komme ich mit meinen Gedanken da an, dass ich und nur ich die Verantwortung habe. Was steht dagegen, diese Verantwortlichkeit anzuerkennen? Welche Konsequenzen ergeben sich daraus?
1. Die erste Erkenntnis wäre: Ich habe mich in diese Situation gebracht.
2. Ich könnte mir mit dieser gewonnenen Erkenntnis keine Hilfe mehr holen.
3. Ich habe mit diesem Wissen die hohe Anforderung, dieses auch in die Tat umzusetzen.
Das wirft wieder eine neue Frage auf: Was ist denn, wenn ich ganz gesund bin? Was sind die Argumente, die mich Krankheit »genießen« lassen? Was hat mir das Kranksein bisher gebracht? Ich habe damit ganz neue Weichen gestellt.

»Dein Wille geschehe!«

Wie schwer fällt mir dieser Satz, angesichts der Tatsache, dass mein Wunsch in eine bestimmte Richtung geht. Mein Wunsch ist ja, vollkommen gesund zu werden. Doch ist es für mich auch klar, dass es mir nicht immer möglich ist, mein Bestes zu durchschauen. In dieser Situation Vertrauen zu entwickeln ist schwer. Ich weiß um die Tatsache, dass es einen liebenden Gott gibt. Trotzdem fällt es mir schwer, mich ihm ganz anzuvertrauen. Ich spüre, dass es einfacher wäre, könnte ich mich ganz hingeben. Ich quäle mich mit meiner Entscheidung. Ist eine Amputation nötig? Werde ich mir vielleicht eines Tages vorwerfen, nicht alles für mich unternommen zu haben? Mir wird übel bei dem Gedanken, dass ich hier eine Fehlentscheidung treffen könnte. Klar ist, dass mir keine Entscheidung Sicherheit bringt. Keiner kann mir sagen, was wirklich das Beste ist. Wie finde ich meine Antwort?

15. Juni 2000

Heute Morgen habe ich im Gespräch mit einem lieben Bekannten einen Satz gesagt, über den ich jetzt erst richtig nachdenke. Er fragte mich nämlich, wie es mir geht und ich erzählte ihm – dass es mir gut gehe, doch dass es mir immer noch passiert, dass ich in alte Zweifel falle. In mir sind noch genug Glaubenssätze, die mir sagen, dass meine Krankheit tödlich ist. Oft wird mir erst Stunden später klar, dass ich ja wieder meine Krankheit gefüttert habe. Doch immer schneller komme ich auf die Idee, meine Ängste anzunehmen. Ich überprüfe dann, was jetzt für mich zu tun ist. Alle meine Ängste prüfe ich auf ihren Wahrheitsgehalt.
Kann ich wirklich wissen, dass dies wahr ist? Ich mache das laut für mich. Ich höre und fühle mich dabei und erfahre meine Wirklichkeit. Ich brauche es wirklich nicht mehr, dass mich alte Ängste ungeprüft an Krankheiten binden.

Erkennen ist Vollkommenheit

Auf Seite 39 sagt Klara: »Das ist ein Abenteuer mit dir..., denn Erkennen ist Vollkommenheit.« Dieser Satz ist Balsam für mich. Wie weit war ich entfernt davon, mich zu erkennen, geschweige denn, mich zu kennen. Ich war es mir gar nicht wert, mich mit mir zu beschäftigen. Bekam ich nicht regelmäßig Futter in Form von Anerkennung anderer, hatte ich eher das Bedürfnis mich noch mehr mit dem Anderen zu beschäftigen. Ohne diese Erkenntnis und mein Verständnis für mich könnte ich meine Geschicke nicht in die Hand nehmen.

Selbstbewusstsein, was ist das eigentlich, »Selbst« – »Bewusst« — »Sein«?

Sich selbst erkennen und annehmen, ist eine schöne Form der Eigenliebe. Es machte mich wieder handlungsfähig, brachte und bringt neue Ideen und Schwung in mein Leben, von dem ich schon glaubte, dass es vorbei sei. Auch meine Kapitulation war Vollkommenheit. Sie war der Nährboden für Neues, was nur gedeihen konnte, indem ich das Alte aufgab. Erst mit der Erkenntnis kann ich nutzen, was da ist.

Wenn ich nicht erkenne, dass die Schraube, die ich benötige um mein Rad zu montieren, im Werkzeugkasten ist, komme ich nicht weiter.

Meine Vorstellung von der Vollkommenheit war geprägt von Gut und Böse. Dies ist eine Einschränkung!

Diese Welt bietet uns nicht die perfekte Arbeit, die perfekte Beziehung.

Wer die Vollkommenheit in diesem Sinne sucht, wird enttäuscht sein.

In dieser Welt haben wir jedoch immer die Möglichkeit, uns zu verändern und zu wachsen.

Wir haben uns angewöhnt unsere Erfahrungen zu bewerten, sie zu bemängeln, uns zu wünschen, sie möge so sein, wie wir es gerade erwarten, ohne zu erkennen, wie wir uns unsere Erfahrungen kreieren.

Habe ich einmal erkannt, dass sich meine Hand auf der heißen Herdplatte nicht so gut macht, wäre ich doch verrückt, wenn ich diese Erfahrung nicht nutzen würde.

Unser selbst gestricktes Durcheinander zu entschlüsseln ist lohnenswert und abenteuerlich.

Es ist nun über ein Jahr her, dass ich meine Geschichte auf diese Art verarbeitet habe und ich bin sehr dankbar für diese Zeit. Ich habe mich sehr intensiv erlebt und freue mich über alles, was ich erkannt habe.

Die Reise ins Ich ist interessant und aufschlussreich.

Wir haben sie wirklich, diese wunderbaren Heilkräfte, die uns zur Verfügung stehen, wenn wir erkennen, was wir brauchen. Ein Pauschalrezept gibt es nicht. Jeder wird sich auf seine Weise kennen lernen und herausfinden müssen, welches sein Heilungsweg ist.

Oft habe ich selbst gezweifelt und mich gefragt, ob ich vielleicht doch lebensmüde bin, weil ich die mir angebotene Hilfe der Ärzte ausschlug.

Doch mein inneres Wissen war stärker und das Gefühl, dass mein Weg ein anderer war, so stark, dass ich dem Folge leisten musste.

Ein Wort noch zu den Menschen, die in meinem Leben eine Rolle gespielt haben. Ich habe erfahren, dass meine Interpretationen in den einzelnen Situationen im Wesentlichen nur über mich etwas aussagen. In dem Maße, wie ich mich selbst kennen gelernt habe, hörten auch meine Urteile auf. Damit durfte ich jeden Einzelnen neu erleben.

Meine Interpretationen sind meine und »nur meine« Realität!

Ich bin sehr froh über diese Erkenntnis, denn damit gestalte ich jetzt mein Leben.

Wie nutze ich die Energie meiner Zweifel?

Als Erstes möchte ich mir noch einmal vergegenwärtigen, was ein Zweifel ist. - Einen Zweifel kreiere ich, wenn ich zwei Möglichkeiten in Betracht ziehe. – »Zwei-fel!« Alles hat mehrere Möglichkeiten, also ist der Zweifel an sich normal und keineswegs Aufsehen erregend.

Werte ich jedoch, das ist gut, die andere Möglichkeit ist schlecht, bekommt auch der Zweifel eine andere Energie. Nun steckt in meinem Zweifel die ganze Energie meiner erdachten Geschichte, die ich wiederum brauchte, um für mich meine Wahlmöglichkeit zu finden. Ständig bewerte ich und das muss ich auch, weil ich ja schließlich meine Wahl treffen will.

Also, den Versuch frei von Bewertungen zu werden, den kann ich vergessen. »Und jetzt?« –

Als ich mit meiner Fragestellung hier angekommen war, habe ich mich noch einmal ganz neu kennen gelernt. An dieser Stelle entdeckte ich, dass ich meine eigenen Bewertungen bewerte. Ich nahm sie nicht als eine Information für mich, sondern als eine Tatsache, dass ich da etwas gemacht hatte, was »man« nicht tut. »Und jetzt?«

»Ach du meine Güte!!!«

Hoffentlich merkt das keiner, jeder weiß doch, das »man« so etwas nicht macht. Im Gespräch mit anderen verstecke ich, was ich an mir verurteile und mein Selbstzweifel bekommt immer mehr Futter. Doch es passiert noch etwas, nämlich ich erkenne mich immer weniger, da ich nach außen immer mehr spiele, wie ich sein möchte. »Und jetzt?«

Das hier ist ein Kreislauf, oder eine unendliche Geschichte. Das hier ist ein ganz blöder Kreislauf, – »Stop!!!!!!!!!!!!!!!!!!!!!«

Das hier ist schon kein Zweifel mehr - sondern Verzweiflung, der keinen Grund oder Ursprung (= ursprüngliche Idee) mehr erkennen lässt.

Das ist kein Urteil mehr, sondern Verurteilung!!!!!
Ein Haufen verplemperter Energie, die nicht mehr für mich ist.
Ich rekonstruiere:
1. Ich habe zwei Möglichkeiten
2. Ich bewerte, für meine Entscheidung
3. Ich bewerte, dass ich bewerte
4. Ich entdecke, dass ich anders sein will, nämlich freier
5. Ich entscheide mich, meine Wahlmöglichkeit so lange zu erleben, bis ich eine neue Wahl treffen will.

Ich nehme:
Alle Zweifel, die ich irgendwie aufspüren kann, (mit sämtlichen Nebenwirkungen wie Angst, Unsicherheit, etc. Diese Liste ist in ihrer Vielfältigkeit nicht einzuschränken!) schaue mir diese genau an und erkenne damit die derzeitige »Ist-Situation«.
Ich erlebe mich:
Wie fühle ich mich damit? Jede Reaktion ist als ein Hinweis zu betrachten, ob ich mit meiner Wahl einverstanden bin oder hier an dieser Stelle eine Kursänderung erfahren möchte.
Wie geht es mir, mit der derzeitigen Situation?
Ich nehme:
Mich an, so wie ich bin.
Ich frage mich:
Was will ich, ändere gegebenenfalls die Strategie und gehe in die gewünschte Richtung.
Was ich damit sagen will, ist, wenn wir uns annehmen, wie wir sind und uns selbst anerkennen, bleibt ein Zweifel ein Zweifel, nicht mehr und nicht weniger. Dann steht uns alle Energie zur Verfügung, die sonst in die »Verzweiflung« und »Verurteilung« sowie in die »Verschleierung« meines schlechten Gewissens fließt, wo sie als Krafträuber wirken.

Zwei Jahre sind vergangen!

Ich habe versucht, meine Geschichte zu veröffentlichen. Nach der dritten Absage wunderte ich mich, dass ich mich darüber freute. Heute weiß ich, dass ich noch zu verletzt war, um meine Aufzeichnungen der Öffentlichkeit preiszugeben. Wenn ich heute in meiner Geschichte lese, wundere ich mich, dass all diese Umstände fast dazu geführt hätten, aus diesem Leben zu gehen.
Das Leben hat mir noch eine Menge zu geben, so wie ich dem Leben noch eine Menge zu geben habe.
Klara hat Recht behalten, als sie sagte: »Und wisse, dass deine Arbeit mit den Menschen schon längst begonnen hat!«
Alles hat sich gewandelt in meinem Leben.
Ich habe eine eigene Wohnung, habe Arbeit und freue mich über meine gelernten Lebenslektionen. Diese sind der eigentliche Reichtum, mit denen ich mein Leben neu gestalten kann und will. Was ich damals noch beklagt habe, nämlich immer selbst verantwortlich zu sein für die Dinge, die in meinem Leben passieren, weiß ich heute als Geschenk zu sehen.
Es hat mich ins Handeln gebracht, und zwar unmissverständlich! Wenn ich nun noch einmal daran gehe, meine Geschichte als Buch zu veröffentlichen, so tue ich dies nicht deshalb, weil ich sie so interessant finde, sondern um aufzuzeigen, dass es immer Möglichkeiten gibt, ganz gleich aus welcher Tiefe der Einzelne aufsteigen will.
Das Zauberwort ist: »Vertrauen!«
Allerdings war und ist dies auch meine größte Herausforderung. Es erschien mir einfach unsinnig, mir selbst zu vertrauen. Schließlich war ich es, die sich in diese lebensbedrohliche Lage gebracht hat.
Ich habe gelernt, aus der Geschichte auszusteigen. Was übrig blieb, war meine Wut, meine Trauer, meine Sehnsucht, meine Freude, alles meine Emotionen, die mir durch diese Erlebnisse ge-

zeigt wurden. Sie nicht in mir erlösen zu wollen, heißt sich in immer größere Schwierigkeiten hineinzumanövrieren. Weder Klaus noch Carl hatten Schuld daran, dass ich mich ungeliebt fühlte, sondern ich hätte damals schon erkennen können, dass ich mich nicht liebte. Doch in dieser Zeit gab ich meine Energie noch dafür her, andere zu verändern. Das ist in der Tat die größte Energieverschwendung, die ich mir in meinem Leben geleistet habe. Ganz zu schweigen davon, dass es Missachtung ist, dem Anderen sagen zu wollen, wie er sich verhalten soll.

Ein Beispiel mag hier dienlich sein:

Eine liebe Freundin bürgte für ihren Ex-Mann 100 000 Mark. Sie war traurig, als es nun so weit war, dass sie in die Pflicht genommen werden sollte. »Oh man«, sagte sie: »das war ein Fehler, wie konnte ich nur so dämlich sein, so etwas zu machen!« Sie fand heraus, dass sie die Bürgschaft unterschrieben hatte, weil sie glaubte, für sich nicht allein sorgen zu können. Sie nahm an, wenn sie diese Bürgschaft nicht unterschreibt, könne der Mann nicht mehr für den Unterhalt aufkommen. Mit dieser Bürgschaft stellte sie ihren Drang nach Sicherheit »zufrieden«. Auch sie lernte, aus dieser Geschichte auszusteigen. Sie widmete sich ihrer Angst und merkte, dass dieser Kummer schon sehr alt war. Von Kindesbeinen an glaubte sie, dass, wenn sie allein für sich sorgen müsste, sie kläglich untergehen würde. Sie war nun in der Lage, diesen Kummer zu heilen. Seitdem ist sie nicht wiederzuerkennen. Sie steht für ihre Dinge ein und nutzt nun die hohe Energie für ihr eigenes, erfolgreiches Leben. Das war ein »Seminar für 100 000 Mark!«.

Hätte ich ihr »Programm«, welches hieß: Wie konnte ich nur so blöd sein?!, mitgespielt, wären alle weiteren Resultate aus weiterer Angst und Selbstvorwürfen wie üblich gegen sie selbst gelaufen. Fühlen wir uns schuldig, gibt es keine Lösung!

Wir haben vergessen, woher wir kommen und wohin wir wieder gehen werden!

Mein »Seminar« hätte mich fast das Leben gekostet. Ich brauchte dafür erst eine Krankheit sowie das deutliche Zeichen »meiner Männer«, dass ich nicht liebenswert bin, um meine mangelnde Selbstliebe heilen zu können.
Nichts verletzt mehr, als die Tatsache sich selbst nicht zu lieben. Jeder kann nur sich selbst heilen, doch jeder, der mit sich im Kontakt ist, heilt gleichzeitig alle um sich herum, da er aufhört das Spiel »Selbst Schuld« weiter zu spielen. Immer liegt dem Handeln ein Bedürfnis zugrunde, welches uns dem Ziel näher bringt. Das Beispiel meiner Freundin hat mir dies ganz deutlich gezeigt.

Das Ziel heißt »Erkennen«

Klara sagte mir: »Was heißt es eigentlich einen Fehler zu machen? Du darfst doch alle Erfahrungen machen. Einen Fehler machst du nur dann, wenn du fehlst, wenn du nicht da bist, wenn du handelst um für andere zu funktionieren und dich nicht dabei fühlst.« Irgendwann ist es genug und der Wunsch endlich bei sich anzukommen ist ein Wunsch, der sich aus dem eigenen Bedürfnis heraus erfüllt.

Was heißt es wirklich, dass wir alle Erfahrungen machen dürfen? Müssen wir nicht Schuld empfinden, wenn wir lügen?

Ich kenne keinen Menschen, der nicht irgendwann mal lügt. Die Gründe sind vielfältiger Natur. Es geschieht aus so genannter »Höflichkeit«, oder weil man anderen nicht weh tun will, doch meistens aus Feigheit. Die Angst vom anderen verurteilt zu werden ist einfach sehr groß. Doch wie komme ich auf die Idee, dass der, den ich vermeintlich belügen muss, mich verurteilen wird? – Habe ich mich bereits verurteilt?

Der Weg daraus geht am einfachsten, wenn ich selbst mit den Urteilen aufhöre.

Doch das ist nicht so einfach! Ich urteile immer und das geht blitzschnell. An dieser Stelle möchte ich gern aus dem Buch »Denn Christus lebt in jedem von Euch« zitieren.

Zitat: »Niemand ist so unnachgiebig mit dir, wie du selbst. Wie all deine Brüder und Schwestern leidest du an einem grundlegenden Gefühl der Unzulänglichkeit und Wertlosigkeit. Du hast das Gefühl, schreckliche Fehler gemacht zu haben, die früher oder später von bestimmten Autoritätspersonen oder von irgendeiner abstrakten spirituellen Autorität wie Gott oder dem karmischen Gesetz bestraft werden.«

Nicht das Urteilen an sich ist falsch, sondern die Tatsache, dass wir dies nicht wahrhaben wollen. Schließlich tut »man« das ja nicht. Ich glaube, dass wir ohne urteilen nicht auskommen. Ich urteile, ob etwas gut für mich ist, schön oder nicht schön, angenehm oder unangenehm. Wir brauchen unser Urteil, um uns im Leben zurechtzufinden.

Wichtig erscheint mir allerdings, dass wir uns unserer Urteile bewusst sind, damit sie nicht zur Verurteilung werden.

Ein mir sehr nahe stehender Freund verliebte sich und hatte naturgemäß kaum mehr Zeit, sich mit mir zu treffen. Er entwickelte ein schlechtes Gewissen, weil er glaubte, dass ich ihm das übel nehmen könnte, weshalb er sich lieber gar nicht mehr meldete. Verabredungen liefen über Dritte, bis ich ihn eines Tages fragte, was denn los sei, er käme mir so vor, als würde ihm meine Nähe Schwierigkeiten bereiten. Er wisse es auch nicht so recht, irgendwie sei ihm, als wäre es mir gegenüber nicht fair, dass er jetzt keine Zeit mehr für mich hätte, wo wir doch in der Zeit, als er noch frei war, viel miteinander unternommen haben. Auch die Gespräche, die wir miteinander hatten, seien ihm sehr wichtig. Sein Urteil über sich, dass er sich nicht fair verhalte, vereitelte bis zu diesem Gespräch unser Miteinander. Heute ist ihm klar, dass ich mir über ihn kein Urteil erlauben werde, weil ich ihn und seine Lebensentscheidungen achte. Ich werde sicher für ihn auch keine Zeit haben, wenn ich frisch verliebt bin. Und für meine Freizeitgestaltung bin ich zuständig.

Unsere Urteile begrenzen uns selbst und machen freies Handeln unmöglich.

»Jeder Handlung liegt ein Bedürfnis zugrunde und keiner kann mir sagen, was ich tun soll, sowie ich keinem sagen kann, was er zu tun hat!«

Als ich mein Buch das erste Mal veröffentlichen wollte, hieß es, dass ich doch einen Ratgeber schreiben sollte. Das sei es, was die Menschen gern haben wollten, das würde gekauft. Meine Geschichte ist mein Ratgeber! Dass es auch für andere ein Ratgeber oder Wegweiser sein kann, wünsche ich mir zwar, doch möchte ich an dieser Stelle deutlich sagen, dass ich damit nichts anraten will. Keinem könnte ich sagen, wie er sich in Situationen einer Krankheit verhalten soll. Das ist in meinen Augen unverantwortlich. Hätte ich an Amputation und Chemotherapie geglaubt, wäre ich diesen Weg gegangen, ohne eine Sicherheit.

Ich bin meinen Weg so gegangen, weil ich an diesen Weg geglaubt habe, auch ohne eine Sicherheit zu haben. Ich glaube, dass dies ein wesentlicher Faktor für Genesung ist. Für mich war es richtig, so zur Ruhe zu kommen, dass ich meine inneren Regungen wieder wahrnehmen konnte. Die Frage, was will ich denn, sollte tatsächlich von mir beantwortet werden. Dafür musste ich mich zurückziehen, meditieren und mit Hilfe einer einfühlsamen Therapeutin arbeiten. Ich bin erwachsen geworden und trage heute sowie zukünftig meine Antwort auf meine an mich gestellten Fragen.

Deshalb an dieser Stelle noch einmal: In diesem Buch schreibe ich lediglich von meinen Erlebnissen und möchte allen Mut machen, die einsam, traurig, verlassen und krank sind.

Es gibt Hoffnung, weil ich lernen kann, mir wieder selbst zu vertrauen. Ich darf mir zutrauen, das Leben wieder in die eigenen Hände zu nehmen. Ich staune immer wieder, wie sich Probleme in Luft auflösen, wenn die Emotion, die ich bis dahin dem Erlebnis zuschreibe, in eigener Verantwortung angenommen wird.

Ich fühle mich sehr gut damit auf eigenen Füßen zu stehen und keinen mehr für meine Emotionen verantwortlich zu machen. Ich liebe das Leben!

Was ich unter Heilung verstehe!

Wenn ich von Heilung spreche, meine ich die kleinen Schritte. Wenn ich Angst empfinde, widme ich mich dieser Angst. Ich nehme sie als meine Angst an und höre auf, dagegen zu sein. Sie ist ein Teil von mir und gegen sie zu sein würde bedeuten, gegen mich zu sein. Meist sind es kindliche Anteile von mir, die nicht mitgewachsen sind und in Wirklichkeit keine Macht mehr über mich haben. Das Annehmen dieser Angst oder einer anderen Emotion erfüllt oft schon den Zweck, den diese Angst beabsichtigt hat. Es ist die Bitte an mich selbst: Nimm mich wahr. Ich benutze gern das Beispiel eines kleinen Kindes, das von der Mutter gehört werden möchte. Dieses wird so lange auf die Mutter einreden, bis diese zu verstehen gibt, dass sie ihr Kind gehört und verstanden hat. Dann erst wird Ruhe einkehren. Ich habe die Erfahrung gemacht, dass es sich auch mit größter Angst so verhält. Mich hat es von meiner Angst befreit, mich bereit zu erklären, sie auch sehen zu wollen. Damals bat ich Gott um Hilfe, mich durch diese Angst hindurchzuführen. Und ich kann nicht umhin, zu sagen, dass wir unsere Sache großartig gemacht haben.
Jede meiner Emotion erfährt seitdem auf diese Art meine Aufmerksamkeit, ganz in dem Bewusstsein, dass ich dem Erlebnis die Bedeutung gegeben habe, die es für mich hat.
Als Kinder haben wir schon gelernt, uns so zu verhalten, dass wir geliebt werden. Nur nicht böse sein! Den Eltern, Tanten, Lehrern, den Nachbarn und vielen mehr wussten wir zu begegnen, ohne anzuecken. Wen wundert es noch, frage ich mich, dass ein Gefühl von »Nicht-echt-Sein« sich mit der Zeit einschleicht. Und der so genannte »Liebe Gott« soll ja auch nicht traurig über uns sein. Doch wen wollen wir eigentlich dafür verurteilen, dass wir so erzogen worden sind? Unsere Eltern haben doch auch nur ihre Werte an uns weitergegeben, damit wir uns in dieser Gesellschaft zu-

rechtfinden. Irgendwann setzt nun mal die Eigenverantwortung ein. Alles, was ich in meinem Leben erkenne, kann ich ändern, kann ich heilen.
Ich habe die Erfahrung gemacht, dass diese Art von Heilung dem Körper wohl tut. Ich spürte das sofort.
Wer kennt das nicht, sich zu verkrampfen, wenn er mit Menschen zusammen ist, die verurteilen? Mobbing, Kriege, Sanktionen, um andere gefügig zu machen. Menschen, die sich selbst nicht lieben, brauchen das Gefühl von Macht, um sich zu bestätigen. Doch sind sie auch glücklich?
Sich selbst lieben ist keine Sache, von der ich sagen kann, dass sie sich immer nur gut anfühlt.
Sie ist vielmehr eine Partnerschaft mit mir, durch dick und dünn. Aber sie trägt mich durchs Leben, bringt mir Gelassenheit und fühlt sich wie »nach Hause kommen« an. Wenn ich gar nicht mehr weiter weiß, frage ich mich, wie wohl die Liebe darauf antworten würde, was mich irgendwann ins Annehmen bringt. Ich nehme mich an, mit allem, was ich jetzt fühle.
»Was ist jetzt?« Das ist die zentrale Frage der Heilung! In diesem Augenblick geschieht Heilung. Ich spüre das sofort, indem ich mich entkrampfe und gelassen werde. Meine eigene Körperchemie fühlt sich einfach anders an. Die Ursehnsucht ist doch, geliebt zu werden. Doch die Liebe kommt erst dann zu mir, wenn ich mich liebe.
Krankheit verstehe ich heute als eine späte Antwort meines Körpers auf viele kleine Verletzungen, die ich nicht als meine anzunehmen bereit war. So wurde mir auch der Weg in die Heilung als ein ganz natürlicher Prozess logisch nachvollziehbar. Der Weg meine Verletzungen zu heilen ist gleichzeitig der Weg, der auch meinem Körper gut tut und ihm Heilungsimpulse gibt.

Lieben heißt, sich selbst anzunehmen!

Wenn ich mich mit meinen Unzulänglichkeiten annehmen kann, gelingt es mir auch andere so anzunehmen, wie sie sich zeigen. Ich erkenne, dass es auch anderen Menschen Erleichterung gibt und sie befähigt, das Gleiche für sich zu tun. Frieden und Vertrauen sind Samenkörner, die in diesem Übungsfeld Heilung bringen. Dieses Erleben fühlt sich einfach wunderbar an. Es macht Spaß so zu leben und sich immer mehr Menschen auf diese Art mitzuteilen. Mein Körper hat mit Heilung reagiert, was ich damals beim Schreiben sofort spüren konnte.

Das, was ich hier aussagen will, hat nichts mit so genanntem »positiven Denken« zu tun.

Positives Denken lässt oft die eigentliche Unzulänglichkeit ein wenig besser aussehen, doch wirklich angenommen wird sie nicht. Wenn ich traurig bin, bin ich traurig und will mich dieser Traurigkeit auch widmen. Oft hat es den Anschein, dass ich ja nur traurig bin, weil mir ein Mensch, der mir viel bedeutet, wehgetan hat. Aber eines weiß ich heute ganz genau: »Niemals hätten so viele Verletzungen bei mir ankommen können, hätte ich nicht so eine große mangelnde Selbstakzeptanz!« Diese galt es zu erkennen, denn Erkennen ist die Voraussetzung um mich selbst anzunehmen.

Ich habe auch keine Möglichkeit, meine Geschicke in die Hand zu nehmen, wenn ich für mein Gefühl andere verantwortlich mache. Denn wenn es der Andere ist, habe ich keine Handlungsmöglichkeit. Ich bin nicht verantwortlich dafür, was andere mit mir machen, aber sehr wohl für meine Interpretation. Geht es mir gut, fällt es mir leicht, zu erkennen, dass da gerade einer »um sich schlägt«, und ich bin sehr wohl in der Lage, ihn in seine Schranken zu weisen, ohne verletzt zu sein. Bin ich aber getroffen, hat es was mit mir zu tun! In meinem Fall war es mangelnde Eigenliebe,

die ich in meinem Dialog mit Klara erkannt habe.
Jeder hat seinen eigenen Zugang, der eine erkennt sich in der Unterhaltung, andere beim Schreiben oder in der Meditation. Es macht mir Spaß, meinen eigenen Weg zu finden und mich selbst zu erkennen. Da ist so viel mehr zu entdecken, als ich es mir jemals vorstellen konnte.

Eine Woche in Polen

Polen ist ein sehr schönes Land. Vor drei Jahren bin ich zum ersten Mal dorthin gefahren. Eine Freundin erzählte mir von einem Heiler, der mit seinen Händen Blockaden spürt und mit seiner Massage Blockaden wieder in den Fluss bringt.
»Warum erzählst du mir so zögerlich von diesem Mann?« Ich wunderte mich über ihre Vorsicht und war neugierig, was dahinter verborgen war.
»Eigentlich kann ich diesen Mann nur schwer empfehlen, denn die Massagen sind sehr schmerzhaft.«
Ich fühlte mich angesprochen und ließ mir von ihr die Telefonnummer geben. Das erste Mal bin ich allein dorthin gefahren, was mich ein bisschen Überwindung kostete. Der Einwand meiner Freundin über die schmerzhafte Behandlung machte mich auch ängstlich.
Ich war sehr müde nach dieser langen Fahrt und freute mich über die selbstverständliche und freundliche Einladung mich in seinem Haus wohl zu fühlen. Die Behandlungen waren tatsächlich sehr schmerzhaft, aber ich konnte es aushalten. Die Massage dauerte etwa eine Viertelstunde und konzentrierte sich vorwiegend auf meine Blockaden, die er in meiner Brust und in meinem Unterleib fand. Meine Aufgabe bestand darin, in meine Schmerzen zu atmen, während mein behandelnder Masseur mich knetete. Das war mir anfänglich kaum möglich. Doch wenn ich mich verkrampfte, erhöhte dies den Schmerz und ich lernte es, die Schmerzen zu beatmen, die sofort verschwunden waren, wenn er die Hände von mir nahm. Das also ist der Schmerz, den ich meinem Körper zugemutet habe in all den Jahren, die ich auf dieser Erde verweile. Das Zusammenspiel von Massage und meiner Atmung ließ meinen ganzen Körper kribbeln und danach konnte ich mich nur noch auf die Seite rollen, um zu schlafen. Tagsüber habe ich die Gegend erkundet. Danzig ist eine schöne Stadt und

an der Ostsee kann man weite, lange Strandspaziergänge machen. Es ist wunderbar.

So schmerzhaft, wie die Massagen auch waren, sie betrafen nur den Augenblick. Ich konnte meinen Tag genießen, den ich dann am Abend mit einer Massage beschloss. Ich mache meine Arbeit und kläre mein Leben. Dabei spüre ich, dass die Massagen mir helfen, bestehende, schon manifestierte Blockaden wieder aufzulösen. Es fühlt sich gut an.

In diesem Jahr bin ich zum dritten Mal mit Klaus nach Polen gefahren und fand es ungeheuer spannend, wie mein früherer Ehemann auf die Behandlung reagierte. Die Schmerzen, die sein Körper freigab bei der Massage, waren groß und er beschloss für sich, den Masseur nicht mehr an seine Beine zu lassen. Er begründete seine Entscheidung so, dass der Masseur nicht versuchen solle, ihn zum Laufen zu bringen, weil dies nicht möglich sei und er deshalb die Schmerzen auch nicht ertragen müsse und wolle. Ich verstand, dass Klaus nicht an die Fähigkeit seines heilenden Systems glaubte. Daraufhin fragte ich ihn, ob dieser Unglaube mit seiner Angst vor einem Leben ohne Behinderung zusammenhängt. Ich halte es für möglich, dass auch sein Körper wieder heil werden kann. Doch konnte ich beobachten, dass Klaus noch nicht bereit war, sich seine Ängste wirklich anzuschauen. Für Klaus war dies eine schwere Woche, da er sich mit seinen Gefühlen konfrontiert sah, die sein sicher eingerichtetes Leben ins Wanken brachten.

Wieder einmal ist mir klar geworden, dass wir unser Leben nicht leben können, wenn wir uns unsere Ängste nicht anschauen. In dieser Woche haben wir keine Ausflüge gemacht. Klaus Körper reagierte mit Energielosigkeit, die seine Lähmung stark in den Vordergrund brachte und an Ausflüge war nicht zu denken. Ich spürte seinen Schmerz und wusste aus eigener Erfahrung, dass dieser Schmerz wichtig ist und ich wusste, dass ich ihn nicht trösten konnte. Ich würdigte ihn für seine Entscheidung, auf das

Laufen auch zukünftig verzichten zu wollen, und ließ ihn da, wo er seinen Platz haben wollte. Klaus ist ein sehr starker Mann und ich weiß: Was er will, dass kann er auch erreichen.
In der Rehabilitationsklinik war er ganz auf den Rollstuhl angewiesen. Die Ärzte sagten ihm, dass dies der Zustand sei, mit dem er sich nun abfinden müsse. Doch Klaus sagte ihnen, dass er das anders sehe. Er glaube, dass er eines Tages wieder die Treppen steigen könne und dies hat er auch geschafft.
Ich erinnere auch noch die Worte, die der operierende Arzt sagte: »Wir haben bei der Operation nichts verletzt und es besteht die Möglichkeit für Sie, wieder gesund zu werden.« Doch dies kann oder will Klaus jetzt nicht glauben. Seine Stärke habe ich mir noch einmal ganz genau angeschaut. Ich habe ihn damals sehr bewundert. Seine Haltung mit seiner Behinderung war selbstverständlich und ich habe ihn nie verbittert erlebt.
Seine Stärke im Umgang mit mir während unserer Ehe war die gleiche, mit der er jetzt seine Behinderung pflegt. Ich bemerkte, dass er im Begriff war, diese Stärke in gegen ihn selbst gerichtete Starrheit übergehen zu lassen. Ich gab ihm zu bedenken, dass er mit dieser großen Kraft vielleicht jetzt das Gegenteil erreicht. Mein Gefühl ist, dass der Nutzen, den er aus seiner Krankheit ziehen konnte, längst vorbei ist, also weit in der Vergangenheit liegt und heute einer Korrektur bedarf.
Unsere Glaubenssätze sind so stark und starr, dass sie uns behindern und uns glauben lassen, dass wir nicht aus ihrem Schatten heraustreten können. Ich weiß dies aus eigener Erfahrung. Mir hat es dabei sehr geholfen, dass ich nichts als endgültiges Wissen über die Möglichkeiten meiner Heilung wusste. Ich ließ den Ausgang einfach offen und bat Gott immer wieder um die Stärke, die ich brauchte, um meinen Weg gehen zu können. Dies hat mich durch meine schwere Zeit getragen und ich überlasse es gern einem ganz anderen Teil in mir, nämlich der göttlich inspirierten Seite, mich wieder fließend in das Leben einzufügen. Was

kommt, das kommt und meine Aufgabe ist es, mich zu spüren.
Es hat einige Zeit gedauert, bis meine Wahrnehmung klarer wurde und ich bin heute glücklich mit meinem Weg. Ich kenne auch die Angst, die Klaus bewegt und gerade weil ich sie kenne, glaube ich, dass sie der Wegbereiter ist für ganz neue Impulse. Es ist vollkommen gleich, ob Klaus wieder laufen lernt oder nicht. Wichtig ist doch nur, dass wir nicht in dem Unglauben verharren. Weil mit unserem Unglauben eine Heilung nicht denkbar und somit so auch nicht möglich ist.
Auch in der Bibel steht: »Es geschehe nach eurem Glauben!« Dies sind mehr als Worte für mich geworden. Es ist die Wahrheit. Ich glaubte, ich sei nicht liebenswert und konnte so auch keine Liebe erfahren. Mein überaus starker Mann hat nichts anderes getan, als mir den Spiegel vorzuhalten, dass ich nicht liebenswert bin. Heute bin ich ihm sehr dankbar, dass er dies so konsequent gemacht hat. Ich musste körperlich und seelisch erst vollkommen zusammenbrechen, um dieses starke und starre Glaubensgebilde zu sprengen. Meine Stärke war auch damals schon gegenwärtig, doch ich habe sie in den Dienst der anderen gestellt. Erst heute bin ich in der Lage, für mich zu sprechen und für meine Dinge einzustehen, weil ich sie auch als meine erkennen kann.
Eine weitere Erkenntnis ist, dass das, was mich trägt, auch andere trägt. So konnte ich Klaus Weigerung, laufen zu wollen, mit dem Wissen tragen, dass es seine Entscheidung ist, die seinen weiteren Lebensweg bestimmen wird. Ich habe keine Ahnung, welchen Weg er wählt und halte immer alles für möglich.
Ich biete mein Wissen über Heilungsmöglichkeiten an und achte ein Nein in hohem Maße. »Klaus, ich liebe dich für alles, was du mich mit deiner Lebenshaltung gelehrt hast und wünsche dir für dein Leben, dass du dich fühlst, wahrnimmst und dir folgst. Dann ist alles da für ein erfülltes, reiches Leben, in dem du dich energievoll bewegst, ganz gleich, ob du es als Fußgänger oder als Rollstuhlfahrer machst.«

Eins und eins sind zwei!

Ich habe mir meine Geschichte rückwärts erzählt und habe erkannt:
1. Dass ich mich nicht geliebt habe.
Und
2. Dass ich Ängste hatte, die ich nicht spüren wollte.

Dies hat in meinem Körper, mit anderen, möglicherweise unbekannten Faktoren in den Zustand weiterer Verdichtungen geführt. All das hat das Kranke in mir gefördert. Ich verstehe heute, dass ich, solange ich auf diesem Weg der Verdichtung unterwegs bin, das Träge in mein Leben ziehe. Ich erinnere schmerzhafte Gefühle, die ich abgelehnt hatte und beschäftigte mich damit, es vor allen Menschen zu verbergen. Das sollte niemand von mir sehen. Ich wollte mich nicht so sehen. Und wenn etwas so entsetzlich ist, dass ich es noch nicht einmal sehen will, brauche ich viel Energie um mich zu verstecken. Im Laufe der Zeit habe ich mich verloren. Ich fing an, mehr über andere zu wissen als über mich, weil ich mich nicht beachtete.
Eine sehr kraftvolle Übung war es für mich, zu spielen: Ich bin gesund. Wenn ich abends ins Bett ging, stellte ich mir vor, gesund zu sein. Ich wusste ja, wie sich das anfühlt und ich wollte es nun bewusst fühlen. In meiner Vorstellung erzählte ich meinen Freunden die schöne Nachricht meiner vollkommenen Genesung. Die Zweifel, die ich im Gesicht des Anderen wahrnahm, sah ich als meine Zweifel an und gab sie für einen kleinen Moment auf. Ich wollte das Gefühl vollkommener Gesundheit. Es hat ungefähr zwei Monate gedauert, bis ich damit meinen ganzen Körper erfüllte. Widerstände, die ich wahrnahm, überprüfte ich, ob sie mit meinem Wunsch übereinstimmten. Immer weniger konnten sich Widerstände halten, bis ich so weit war, dass ich meine Freude über das Leben in mir nur noch genoss. Ich freute mich darauf,

am Abend diese Übung zu machen und spürte bald, dass ich es nicht mehr brauchte, andere damit zu beeindrucken. Ich spürte nun das Glück, welches mein ganzes Sein durchflutete.
Erst jetzt war ich bereit, für mich gesund zu sein.
Ich verabschiede mich davon, andere für wichtiger zu halten als mich.
Ich verabschiede mich davon, mich für wichtiger zu halten als andere. Ich stelle mir vor, ich wähle es, eine Treppe hinabzusteigen, so lange wie ich will. Auf dem Weg nach unten mache ich Erfahrungen, die mich interessieren und ich verweile dort, so lange wie ich will. Ich hatte das wie ich will vergessen, weil ich den Kontakt verloren hatte. Damit ich nicht unnötig weit abrutsche, habe ich Wachposten aufgestellt, die mich erinnern sollen. Sie warnen mich in meinem Navigationssystem und sagen mir die Wahrheit.
»Du gehst den Weg nur so lange, wie du willst! Und wenn du nicht mehr weiter weißt, dann frag dich, was du willst und tue es!«
Vieles habe ich mir gewünscht und auch viel bekommen. Doch der größte Wunsch war der, den ich erst in der Krise wählte. Ich wollte mich. Dieser Wunsch war sofort erfüllt. Und mein Navigationssystem stand mir ganz zur Verfügung.
Ich stelle mir vor, ich wählte es, die Treppe wieder hinaufzusteigen, so lange wie ich will. Auf dem Weg nach oben mache ich Erfahrungen, die mich interessieren und ich verweile dort so lange wie ich will.
Das ist genau wie die Geschichte: Es war einmal ein Mann... Treppe rauf, Treppe runter und das mit Ausdauer. Ich habe gemerkt, dass ich immer wieder die gleichen Geschichten wählte und sie auch erlebte. Ich glaubte, dass ich keinen Einfluss darauf hatte. Deshalb konnte ich sie auch nicht ändern. Die Frage, was will ich denn, musste ich schon ausdauernd üben, um die Wirkung zu erfahren.

Die Leiter im Sand

Zweihundertfünfzig Stufen, die Leiter, die mir die Fee in den Sand gerammt hatte. Konnte ich vertrauen, dass die Leiter stehen bleiben würde? Oder würde ich mit ihr untergehen? Welch ein gefährliches Unternehmen. Ich war mutig genug, es zu versuchen und war oft tatsächlich in Gefahr, mitsamt meiner Leiter im Sande zu verschwinden. »Du wirst Erfahrungen machen, die du nicht machen möchtest. Die Kunst besteht darin, dich zu erinnern, dass alles »nur« eine Erfahrung ist.«

Am Anfang brauchte ich noch das Wörtchen »nur«, damit ich dem Ganzen die schwere Bedeutung nehmen konnte. Denn dies hätte meine Lebensleiter ordentlich ins Wanken gebracht. Es war leicht, Erfahrungen anzunehmen, die ich selbst nicht mit Urteilen belegt hatte. Alles aber, was ich mit meinen Urteilen, mit Moralvorstellungen und Verlustängsten belebt hatte, wog schwer. Doch ich war diesen Weg schon zu lange gegangen, dass ein Zurück nicht mehr denkbar war. In meiner Vorstellung glaubte ich, dass ich, je höher ich stieg, mehr und mehr in Gefahr geraten würde. Dort oben ist die Sonne heiß und die Winde wehen heftig. Doch es passierte das Gegenteil. Je höher ich schritt, desto stabiler wurde meine Leiter. Es schien so, als würde sie mit jeder angenommenen Situation fester und stabiler dastehen. Ich verlor allmählich meinen Ballast, den ich nur so lange tragen musste, bis ich erkannte, dass ich diese Wegzehrungen nicht mehr brauchte, da sie an meinem Weg zerrten. So fielen nach und nach Belastungen von mir, die meinen Aufstieg gefährdeten.

Ich fasste Vertrauen in mich und meine Kletterkunst und lernte, mich in meiner Erfahrung zu würdigen. Immer weniger brauchte ich die Ratschläge von Menschen, die ich für klüger hielt als mich, weil mich meine Erfahrungen das Vertrauen in mich selbst lehrten. Gleichzeitig wurden Gespräche immer interessanter, da es mir freistand, welche Früchte ich aus diesen Gesprächen für

mich mitnahm. Tabus gab es immer weniger, in dem Maße, wie ich begriff, dass ich jede Erfahrung machen darf. Es gibt nur einen Fehler, nämlich den, mich nicht wahrzunehmen. Es war für mich eine große Erfahrung, mich mit meinen neun Knoten in der Brust anzunehmen und das mitten auf der Leiter.
»Das ist doch nur eine Erfahrung«, sagte ich mir und konnte lange Zeit nicht höher steigen, da ich neun Knoten mit dem Sack beschwerte: »Das ist gefährlich, du wirst bald sterben!« Das sollte nur eine Erfahrung sein, dass ich nicht lache, ich spürte schließlich den Ernst der Lage und fand das wirklich nicht lustig. Das brachte meine Leiter schwer ins Wanken. Das war Angst, die mich gefangen hielt. Ich war unsicher, ob der nächste Schritt richtig oder falsch sein könnte. Meine größte Befürchtung war, dass ich mir irgendwann vorwerfen würde, alles, nur nicht das Richtige getan zu haben. Dies war der größte Sack, den ich auf meiner Reise mitgenommen hatte. Doch je mehr ich auf meinem Wege wanderte, wandelte sich meine Erfahrung, die hieß: Hör auf, dich und deine Mitmenschen zu bewerten, jeder ist mit allem ausgestattet, seinen Weg zu gehen. Ich erfuhr, dass es den Anderen zwar gibt, dass dieser aber nur dadurch von mir getrennt zu sehen ist, als dieser seinen Weg wählt.
Wenn ich den Weg eines Anderen bewerte, bewerte und erschwere ich in der Tat immer auch meinen Weg. Je höher ich stieg, desto näher war ich dem Himmel und da wollte ich doch gar nicht hin. Da hatte ich dann wieder eine heimliche Angst entdeckt, nämlich die, dass, wenn ich meine Schulaufgaben gemacht hätte, es keinen Grund mehr geben könnte, auf dieser Welt zu bleiben. Warum nur war ich so süchtig, alles in kleine Schublädchen des Verstehens und Einordnens zu fassen. »Auch das ist nur eine Erfahrung, halte sie nicht fest, sonst geht es nicht weiter.«
Ich fühlte mich auf meinem Weg begleitet und behütet. Immer, wenn ich der Hilfe bedurfte, bekam ich sie auch. Die Segnung, alles loszulassen, was ich zu wissen glaubte, wurde zu meinem

Werkzeug und war mein tägliches Gebet. Ich erfuhr, dass alles, was ich zu wissen glaubte, mich einschränkte und meiner Heilung im Wege stand.

Ich bin mehr, als ich mir vorstellen kann. Aus diesem Grund tat es mir gut, an nichts mehr festzuhalten. Jedes Bild, welches ich von mir oder von einem Anderen machte, musste ich wieder aufgeben, da es höchstens einen kleinen, begrenzten Teil des Menschen ausmachte. An diesem kleinen Teil festzuhalten, würde für mich bedeuten, dass ich nicht weiterkommen würde. Das war das Spannende auf meiner Reise. Ich spürte selbst, wenn ich meine Begrenzungen aufgebe und meine Gedanken sind meine Begrenzungen, komme ich leicht weiter. Ich wurde immer leichter und lichter und mein Weg immer klarer. Trotzdem habe ich mir immer wieder meine begrenzenden Gedanken in die Wirklichkeit gehoben und habe mir damit neue Steine in den Weg gelegt.

Damit habe ich mir sehr weh getan. Ich musste mich immer wieder neu für mich entscheiden und Abschied nehmen von allem, an dem ich so festhalten wollte. Das habe ich oft bedauert, weil mir vieles als überaus wichtig erschien. Und schließlich wollte ich ja Sicherheiten! Doch alles, was ich denken konnte, entlarvte sich doch schließlich als eine Last, die ich auf meinem Weg auf der Leiter im Sand nicht brauchen konnte. Manchmal brauchte ich ungeheueren Mut, mein so genanntes Wissen herzugeben, nicht wissend, ob ich es nicht doch eines Tages würde brauchen können. Doch ich wurde sofort belohnt, wenn ich Erkanntes wieder aufgab. Ich durfte erleben, dass meine Fragen, die ich auf meinem Wege hatte, beantwortet wurden, indem sich das Wissen einstellte, dass ich niemals wirklich allein bin, wenn ich der Hilfe bedurfte und bedarf. Immer, wenn ich glaubte, ich sei allein auf Gottes Welt und mich so richtig im Leid vergraben hatte, habe ich den Fluss unterbrochen und damit war ich nicht mehr »online«. Mich konnte keiner mehr erreichen, denn ich hatte auch keinen Empfang. Dann fühlte ich mich verlassen.

Ich begriff, dass ich diejenige war, die den Kontakt mit meiner Schöpferkraft abgeschnitten hatte und brauchte nur eines zu tun: Ich musste es wieder hergeben. So oft schon hatte ich die Wirkung erfahren und doch glaubte ich lange Zeit noch, dass damit ein Verlust einhergeht.

Ich sollte meinen Kopf nur dafür gebrauchen, damit ich denken konnte, wie ich von A nach B kommen sollte? Das erschien mir oft als zu gering. Wieder war es meine Bewertung, die meinen Weg erschwerte. Doch ich schaffte es, auch wenn ich dafür manchmal sehr lange auf einer Stufe verweilte. Ich nahm es sogar in Kauf, damit wieder einige Stufen zurückzufallen. Auch das Zurückfallen hatte eine wichtige Lehre für mich und ich lernte es gründlich, dass ich mir damit selbst wehtue. Brauchte ich das denn noch? Nein, ich legte alles auf den Altar, gab es wieder her und fühlte mich postwendend leichter. Nach und nach machte ich aus der »Nur-Erfahrung« eine Erfahrung, in der das »Nur« einfach wegfiel. Das brachte mir erneute Sicherheit.

Was für den Bergwanderer Hacke, Spitze und Seil bedeuten, war für mich das Loslassen alter Glaubenssätze und Verhaltensweisen, die aus meinen Glaubenssätzen resultierten. Immer, wenn ich mich aus einer Rolle entließ, erfuhr ich Energie, die mich durch alle Gefahren trug und ich ließ mich tragen. Bald wusste ich um den Segen, der darin liegt und entließ mich und auch meine Mitmenschen aus den Rollen, in denen ich mich sowie meine Mitmenschen festhielt. Was ich mit mir erkannte, erfuhr eine Ausdehnung und ich merkte, dass die befreiende Wirkung wie ein Lauffeuer um sich griff. Ich fühlte mich damit aufgetankt und reich beschenkt. So geht das mit der Schöpferkraft, die jedem Menschen innewohnt.

Ich lernte meine Leiter zu lieben und bewegte mich immer sicherer auf ihr. Was am Anfang meinen Aufstieg beschwerte, fiel so nach und nach weg. Ich vergaß streckenweise gänzlich, dass ich unterwegs war, um meine Knoten loszuwerden. Heute weiß ich, dass dies ganz natürlich so ist, denn es handelte sich hier um Lebensknoten, die von meiner alten Glaubensstruktur gefördert und belebt wurden. Ich bin ein Abenteurer geworden, der nichts mehr einfach nur glaubt, sondern alles auf den Wahrheitsgehalt prüft. Dafür nutze ich meine Wahrnehmung, die mein größter Berater geworden ist.

In meiner Wahrnehmung erfahre ich mich und meine Wahrheit, die nichts mehr mit dem zu tun hat, was ich in meinem Leben gelernt habe, als ich mich einfach nur unterordnete. Ich lernte, wenn ich mein Leben will, muss ich meine Wahrheit finden und leben. Die Prüfungen, die ich auf meinem Wege zu bestehen hatte, lassen sich gut mit den Worten, Einsamkeit, Verwirrtheit, Zweifel, Glück und Grausamkeiten beschreiben. Mit all diesen Problemen hatte ich zu kämpfen, bis ich merkte, dass jeder Kampf mein Problem nur noch verschärfte.

Wollte ich eine Erfahrung nicht machen, machte ich sie nur intensiver und schmerzlicher. Erst wenn ich innerlich zum Ja für mich und meine derzeitige Erfahrung fand, fielen meine Lasten wie ein Kartenhaus zusammen. Mir wurde deutlich, warum ich an all dem festhielt, auch wenn ich mich damit verletzte.

Ich wollte dazugehören! Die Einsamkeit, die dann entsteht, wenn der Weg in eigener Verantwortung beschritten wird, die wollte ich nicht erleben. Doch genau die führte mich zu mir selbst.

Manchmal empfand ich meinen Körper als sehr laut. Alle Stimmen, die ich für so wichtig hielt in meinem Leben, hörte ich eine Zeit lang, auch wenn ich vollkommen allein und es um mich vollkommen ruhig war. So konnte es mir passieren, dass ich mich beschimpfte. Was bildete ich mir eigentlich ein, die ganze Welt spricht davon, wie man sich zu verhalten hat im Falle einer Erkrankung und ich tat genau das Gegenteil.

So fand ich lange Zeit auch niemanden, den ich um Rat hätte fragen können und fand damit immer wieder zu mir selbst. Ich lernte die Sprache meines Körpers kennen, der mich mit seinen Be-

findlichkeiten genauestens darüber unterrichtete, was ich mit meinen Gedanken, Taten und der Weigerung mir Glauben zu schenken, erreichte. Das brachte mich wieder ganz schnell auf meinen Weg, mit dem ich mich immer besser fühlte.
Ich schloss Frieden mit mir und meiner inneren, lauten Welt und lernte zu unterscheiden, welche aus all den Stimmen meine war. Heute weiß ich, dass ich niemals allein war. Immer bekam ich die Hilfe, die ich auf meinem Weg brauchte. Als große Hilfe empfand ich es, wenn ich mir laut alles erzählte, was ich gerade so dachte. Damit erfuhr ich, dass ich selten wusste, was ich wirklich wollte. In meinem Kopf wirbelte vieles durcheinander. Was will ich? Immer wieder musste ich mir diese Frage stellen und es dauerte lange, bis ich mit dieser Frage konzentriert sein konnte.
Doch das hat sich gelohnt, denn ich lernte: Das, was ich wirklich möchte, erreiche ich nicht nur, sondern es ist bereits da. Mich hat es manches Mal verwundert zu erfahren, dass meine wahren Bedürfnisse so einfach sind, dass sie sich oft sofort erfüllen.
Mein Wunsch war es, mit mir im Frieden zu sein. Als der Wunsch durch mein lautes Reden mit mir deutlich wurde, war auch sofort das Wissen da, dass ich mir das erfüllen konnte, womit es dann auch schon erreicht war.
Ich wollte mich lieben und auch das stellte sich ein, je mehr ich von mir verstand. Ich wollte die Chance, leben zu können und ich wusste bald, dass ich lebte und dass dieses Leben nur im Augenblick gelebt werden kann.
Mit diesem Wissen gab ich mein süchtiges Verlangen auf, wissen zu wollen, was morgen sein wird. Im Augenblick war alles da, was ich brauchte. Warum sollte ich also weiter wie bisher mir Gedanken über das Morgen machen? Ich gab auch das auf, weil es sinnlos geworden war. So wie ein Ballonfahrer seine Sandsäckchen abwirft, so warf ich ab, was ich auf meiner Reise nicht mehr brauchen konnte. Jetzt war der Weg frei für meine Erfahrungen. Auch in schwindelnder Höhe wurde es auf meiner Leiter immer

leichter, fröhlicher und erkenntnisreicher. Es ist wie mit der Mathematik, hat man erst die Grundrechnungen verinnerlicht, geht es leicht, das Wissen auf kompliziertere Aufgaben zu übertragen. Die Welt und das Leben auf dieser Erde werden erst richtig interessant, wenn die Fremdbestimmungen aufhören und das eigene Leben beginnt.

Loslassen

Das ist das Schwerste für mich. Immer wieder klammere ich mich an andere Wesenheiten. Ob Mann, Kinder, Eltern, Geschwister, Freunde, Tiere, Situationen, Böses und Gutes. Ich docke so schnell an, dass es mir kaum bewusst wird. Aber mein Körper reagiert. In mir ist ein Stau! Das fühle ich genau. Ich bleibe in der Schwere oder Beschwingtheit und will sie anscheinend nicht hergeben. Das fühlt sich instabil an. Ein Stau ist ein Stau, auch wenn man das unter verschiedenen Vorzeichen sehen kann. Er kann mich aggressiv machen, glücklich, traurig, zornig, nebst allen anderen Varianten, die ich mir denken kann. In diesem Stadium bin ich allerdings schon angedockt, keiner ist an Deck, denn ich habe gerade Illusionspause.
Ich hänge an und in meinen Geschichten und ich nehme auch noch die Rollenverteilung in die Hand. Das macht mich wichtig, traurig, allein, nebst allen anderen Varianten, die ich mir denken kann.
Gerade habe ich mit Wolfgang bei Conchita gesessen. Conchita ist seine Hündin, war seine Hündin, denn sie ist gestern Abend gestorben. Beide haben wir getrauert. Ich habe Conchita angeschaut. Ab und zu setzte sich eine Fliege auf Conchita und ich wusste augenblicklich, was es für mich bedeutete. Ich wusste, dass ich meinen Körper hergeben musste. Ich erlebte meine Realität in der Zukunft im Jetzt. Ich bin tief beeindruckt!
Ich spürte, so wie ich Conchitas Tod akzeptierte, so akzeptierte ich auch meinen körperlichen Tod. Conchita hatte einen offenen Brusttumor, sie stank und hatte viel Arbeit, ihre offene Wunde sauber zu halten. Am Ende war sie erschöpft und sie verließ uns. Lauter erlebte Geschichten zeigten sich mir noch einmal, die lustigen, die traurigen, die bis an die Grenze gehenden und ich ließ sie alle ziehen. Ich wusste, das passiert in der Tat, wenn wir sterben. Ich erlebte das Geschenk meiner Erfahrung, Alles loszulas-

sen. Jede Andockbindung habe ich durchschnitten. Die Leichtigkeit, mit der dies geschah, war beschwingend, wie ein Tanz. »Nicht festhalten, dies hier ist ein Gastspiel auf dieser Erde.« Jede Erfahrung war in der aktiven Haltung des Hergebens. Die Wahrheit ist, das macht mich lebendig. Das ist absichtsloses Geben und Nehmen. Ich gab mich wirklich im Glauben an das Sterben und verlor es, weil ich es nicht festhielt.

Ich sah eine Made aus dem Tumor klettern, spürte meinen Ekel und verlor ihn wieder, weil ich ihn nicht festhielt. Dieser Körper wurde nicht mehr gebraucht, so wie ich meinen eines Tages nicht mehr brauchen werde. Ich bin hier, um Erfahrungen zu machen, nicht um in ihnen hängen zu bleiben. Der Geist, der diesen Körper bewohnte, hat diesen Wohnort verlassen und gibt die Leihgabe an die Erde zurück. »Danke, wird nicht mehr gebraucht.«

Jetzt ist mir der Sinn des biblischen Spruches so nahe gekommen: »Der Tod führt geradewegs in das Leben«. Trauer, ohne sie festzuhalten, fühlt sich genauso an wie Glück, welches sein darf, ohne dass ich es an die Leine nehmen will. Es ist eine Ebene tiefen Friedens im Vertrauen.

Auf dieser Ebene mutet alles Festhalten wie die ersten, tapsigen Schritte eines Kleinkindes an. Ich werde weich für mich, denn ich verstehe, warum ich den Hang zur Kontrolle habe.

Ich musste nämlich mit Argusaugen mein Leben bewachen und beschützen, weil ich, wie schon gesagt, ständig andocke. Dann habe ich bekanntlich ja Illusionspause. Bis ich es wieder merke und auch dann trenne ich mich manchmal schwer. Aber ich kann es heute tun, weil ich die befreiende Wirkung sehr schätze. Sie überrascht mich jedes Mal. Es fühlt sich so an, als hätte ich damit die Wahl, schon zu Lebzeiten mal im Himmel und mal auf der Erde zu verweilen. Und ich weiß, der Himmel und die Erde sind gleich schön.

Ich tanke die Kraft, die ich brauche, um mein Leben zu leben.
Nach solch innig empfundenen Gefühlen, tut es mir gut, allein zu

sein. Ich bin in stiller Dankbarkeit mit meiner Empfindung, mit dieser immer neuen inspirierenden Kraftquelle. Das ist Liebe.

Susanne

Mein ganz besonderer Dank gilt meiner Schwester Susanne. Nicht nur, weil sie mir in der Zeit meiner Not ein Zuhause bot, sondern es sind auch ganz besondere Erlebnisse, die uns miteinander verbinden.
Ich erinnere eine Geschichte, bei der ich damals sehr staunte und fast den Mund nicht mehr zubekam. Wir waren zur Geburtstagsfeier einer meiner Geschwister! Mein Neffe hatte in dieser Zeit Warzen an seiner Hand. Als Susanne das sah, bat sie unseren Neffen, dass er ihr die Warzen doch bitte verkaufen möge. Sie wolle ihm für jede Warze fünf Mark geben, stelle allerdings die Bedingung, dass er nicht mehr an sie denkt, denn dann würden sie ihr gehören.
Mein Neffe hat nicht verkauft!
Mit dieser kleinen Szene ist mir klar geworden, dass meine Schwester alles über Heilung weiß, die dann einsetzen kann, wenn die Krankheit nicht weiter »gefüttert« wird.
»Das ist ein Heilungsgeheimnis!«
Susanne, ich danke dir für dieses Erlebnis und ich freue mich, dass ich das Jahr mit dir hatte. Du hast mir in deiner Wohnung diesen schönen Platz geschenkt, an dem ich meine Selbstkommunikation mit Klara begonnen habe.
Ich freue mich immer wieder, wenn ich an diese Zeit denke. Du und deine Freundin Claulia wart gut für mich. Danke!

Danke

Danke sage ich meiner Freundin Christiane,
ohne sie wäre „Die Leiter im Sand"
kein Buch geworden!

Ein großes Dankeschön geht auch an Waltraud,
die mit ihrer Kreativität mein Buch gestaltet hat.